JN084593

遠くを眺めて、近くへ戻る

希望と現実の
往来を綴るエッセイ

曽我 文宣

丸善プラネット

まえがき

私が傘寿を越えて、生物学的には、徐々に衰えて行っているのは確かであろう。社会的にも、自分が手ごたえのある活動をする機会はほとんどなくなってきた。それでも自分が少しずつでも、前進したいと思うのである。ときどき、昔読んだ本などを書棚から引っ張り出してきて読んで見る。例えばアランの『幸福論』（神谷幹夫訳、岩波文庫、一九九八年）である。内容はほとんど忘れているが、読んだ時の快い気持ちは覚えているので、ゆっくりと再読する。

彼の語り口は、穏やかだが、核心をついている。

例えば、「悲観主義は気分によるものであり、楽観主義は意志によるものである……幸福とはすべて、意志と自己克服とによるものである」と。

彼は言う。「憂鬱な人に言いたいことはただ一つ。『遠くをごらんなさい』。憂鬱な人はほとんどみんな、読みすぎなのだ。人間の眼はこんな近距離を長く見られるように出来てはいないのだ。広々とした空間に目を向けてこそ人間の眼はやすらぐのである。夜空の星や水平線をながめている時、眼はまったくくつろぎを得ている。眼がくつろぎを得る時、思考は自由となり、歩調は一段と落ち着いてくる。全身の緊張がほぐれて、腹の底まで柔らかくなる。……自分のことなど考えるな、遠くを見るがいい」と。

彼は、エコール・ノルマルというフランス屈指の学校を出て哲学教授の資格を得たにもかかわらず、職業生活はリセ（高等中学校）の哲学教師として四〇年以上、悠悠たる人生を過ごした。

そんな境地になんとか近づきたいとも思う。彼自身、相当の読書家であったことは、この本を読んでもよくわかるが、ここで、「遠くをごらんなさい」というのは、自分の心の中を反芻ばかりしても、情念に左右されてろくなことはない。くよくよ考えるのはやめて、遠くの青い空、白い雲を眺め、悠久の世界に浮遊して英気を養え、というような意味と私は捉えている。

一方、世界に目を転じると、二〇二二年二月からの、ロシアのプーチン大統領によるウクライナ侵攻で世の中は一気に緊迫の度合いを深め、既に一年以上経っている。ベラルーシを除く他の欧米諸国は、これに強い反対を唱え、すぐにロシアに対する大幅なる経済制裁、ウクライナへの大量の武器供与など、ウクライナ援助で結束していて、事態は長期戦の模様である。フィンランド、スウェーデンは長年のＮＡＴＯ非加盟から立場を変えてＮＡＴＯに加盟を申請した。ことによれば第三次世界大戦への危機、核戦争への可能性も内包するゆゆしき事態である。

また、中国では、習近平が第二の毛沢東になろうとする野心から、中国の台湾制圧への攻撃も、必定という見通しが濃くなってきた。プーチンといい、習近平といい、独裁者は歴史に残る母国の救世主になろうという個人的野心に駆られ、終身権力の保持のため、制度も変えて猛進している。北朝鮮は、ミサイル実験を急ピッチで加速させている。このような一見理不尽な戦略に対し、それ相応の理由があり無理もないのだが、日本では長年の間、政府だけでなく、国会議員、マスコミも言辞を吐くことは吐いても、ひたすらアメリカに追従してきた。しかし、ようやく日本でも従来の専守防衛路線では済まないという話が活発化して、敵への反撃能力を自前で持たなければならないという議論が生れ、岸田政権では、五年後の防衛費GDPの二%に向けての議論、それに対する増税負担の話がでてきた。日本も核を所持すべきだとの議論もある。私はこれは当然だと感じている。

そういう社会状況の中で、我が身は全く無力である。何も行っていない。結局、マイペースで思索を深め、身のまわりの感覚で一歩一歩、歩いてきただけかなあ、と思う。今までも、政治に直接コミットするような行動は控えてきた。これは、自らの体質だろう。

アランのことを考えて見ると、彼が『幸福論』を書いたのは一九〇六年～一九一四年、一九二一年～一九三六年までで、この間、一九一四年第一次世界大戦の折り、四六歳ごろ、兵役を志願し、砲兵として従軍している。この『幸福論』の中にも従軍時のことが僅かながら書かれている。また調べて見ると、第二次大戦の時は「反ファシスト知識人監視委員会」の組織者の一人となったとの話である。亡くなったのは一九五一年、八三歳であった。

私たちの世代、普通の日本人にとっては、第二次世界大戦の日本参戦時に幼児期を過ごしたとは言え、無事に育って、成人以後は、このような国家の直接の非常時に向き合うことがなくて、平和な日々を送ることができてきたということは実に幸いである。しかし、現在の国際政治は、日本においても大きく変貌していくかも知れない。

目次

第一章　科学とその周辺

脳内の伝達電気パルスの発火の観測

私の強い興味の対象は、脳科学である。これは言葉を変えれば、心の問題でもあり、究極的には物質である脳という組織にいかに人間としての心が宿るのか、ということにつながるのだが、そこまで行くのは大変で、まず脳における思考の伝達がどのように行われているのかがまず問題となる。これに対しては、私が尊敬している武田暁先生の本を数冊かなり真剣に勉強して、本に書いた（注一）。

まあ、これについて最後に書いたのは二〇一四年の『いつまでも青春』内で、先駆者のフランシス・クリックの本にも触れた。彼はまず「意識の伝達」に焦点を絞り、さまざまなる脳組織間の伝達を追求した。この種の実証的研究は、とても大変で、自分の人生の限りでは、とても解決しそうもない、ということを、最後に文章にして自分の中ではそれっきりになっていた。

この度、たまたま、ある団体で数年前に知り合いになり、多少連絡をとりあっていた、根本泰行氏という若い研究者からメールを受け取り、「自分の画像付き講演を作ったので、見て下さい」と言われ、それを見たら、二時間に亘る熱心な講演で、この脳科学のその後の進展を詳しく話していた。根本氏は、東大理学系大学院で一九八八年細胞分子生物学の研究で博士号を取得したというから、私より、二〇歳近く若いと思うが、「創成水」の研究など、相当変わったことを研究してきた人である。二〇二一年より生命システム研究所を立ち上げている。

講演タイトルは「私たちの意識と脳ＡＩ融合について」となっていた。

彼の講演は、主として、人間の意識の形成に関することで、簡単にまとめて見ると、クオリアの形成は如何に行われるか、ということであった。クオリアという言葉は私は茂木健一郎氏の本で、随分前に読んで知った言葉なのだが（注二）、一九九四年、オーストラリアのデヴィッド・チャーマーズが、主観的な意識体験＝現象的意識＝クオリアがどうして生れるのかという難しい問題は十分に研究されていないという指摘をして これが最初のスタートだったらしい。そして根本君の言いたいのは、普通の大部分の研究者は、彼が言うところの唯物論で「クオリアは脳で作られる」と考えられているが、彼はそうではなくて、クオリアは唯物論では説明できないことが数々あり、脳は意識と肉体の間のインターフェースであって、意識の本体は高次元の世界に存在する「エネルギー体」ではないか、ということだった。また脳ＡＩ融合という説明もいろいろ為されていたのだが、私にはよくわからなかった。

私は根本君に私の感想をメールで伝え、彼の一生懸命な努力はわかるし、今後とも頑張って欲しいとは言ったが、私は、別の見方もあるということは常に留意して欲しいと書いた。彼は「世の中の多くの人は、唯物論で理解していると思うが、異なる考えがあるという『共生』の思想で寛容な精神がこれからも重要であると思います」、と控えめに返答してきた。

しかし、私はこういう思弁的思考は、どうでもいい問題だと思っている。どうせ結論は出ないに決まっていると思っているのである。これは多くの哲学論議が新しい言葉を発明し、その言葉が言葉を呼び、議論が果てしないのを知っているからである。カントの『純粋理性批判』や『実践理性批判』はこのオンパレードだった。純粋認識と経験的認識、分析的判断と総合的判断、そして先天的総合的判断といった具合である。西田幾多郎の『善の研究』も、絶対矛盾的自己同一などという言葉が現れた。ヘーゲルは定立と反定立という言葉を考え出した。こういう哲学者の行動は実に不毛だと思うのである。

この講演自体は、よくわからない点も多いのだが、なかなかの熱演の中で、講演の割合初期に紹介された「二光子顕微鏡による観察によるニューロンの発火の観察」は私にとって衝撃的であったので、その後いろいろ追跡した。ここでは、東大の大木研一教授の動画つき（白黒）の発表があり、マウスによる実験であるが、なんと各ニューロン（脳内の神経細胞、人間の場合、ニューロンは約一〇〇〇億あると言われている。大きさは平均一〇ミクロン）が次々に白い点として瞬時的に発火するのが見られたのである。これはシナプスでの電気信号（実際はNaやK、Ca等の正イオンやClなどの負イオンの移動）の受け渡しの瞬間が観察されたことになる。私はなにせ見たこともないわけだから、すべて武田先生の本の受け売りなのだが、長さ一ミリ秒、高さ約〇・一ボルトで、多い時は五〇 ― 一〇〇ヘルツくらいになっているとのことだ。

このマウスに異なる縞模様の図を次々に見せると、それに応じて、異なる場所が光る。視野はこの場合、〇・六ミリメートル四方のようである。

まず二光子顕微鏡というのが分からなかったのでネットで調べた。それはチタンサファイアレーザーなどの、フェムト（一〇のマイナス一五乗）秒の近赤外線パルスレーザーを用いる。そして一光子励起に比べて、それの半分のエネルギーの光子を二個同時にあてると、この確率は非常に低いのだが、レーザーの強度を上げることで可能になるという。また、これを対物レンズの焦点下で収束させる。

より詳しい知識を求めている内に、私は、日本神経回路学会誌にある論文「単一細胞解像度のin vivoカルシウムイメージングを実現する広視野2光子励起顕微鏡」という論文にぶつかり、この分野の最近の進展を知った。この分野はここ五年くらいに急速に進んだようで、装置はいずれも欧米で開発されていることも知った。

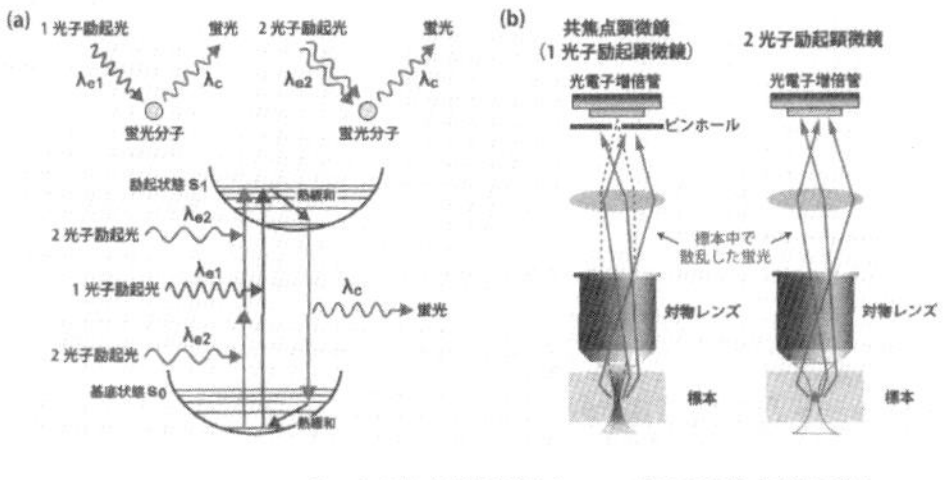

a　1光子励起過程と2光子励起過程
b　1光子顕微鏡と2光子顕微鏡

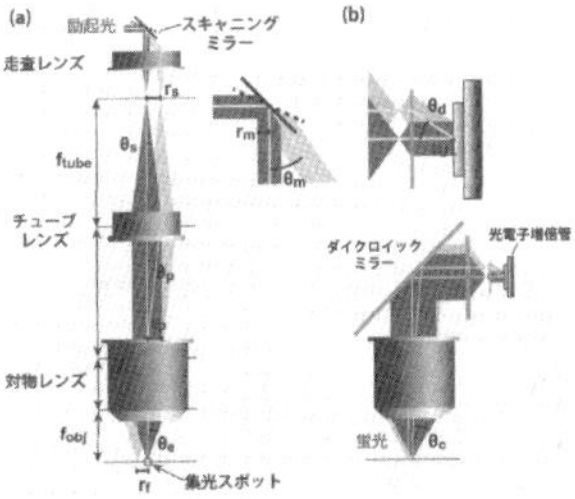

2光子励起顕微鏡の光路を示す図

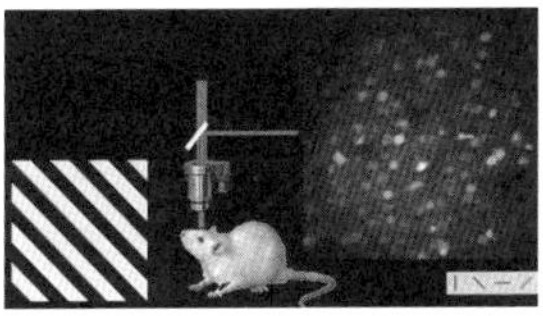

マウスの大脳皮質内、ニューロンの観察実験

脳内の部分に、あらかじめ蛍光体であるカルシウムセンサーを注入し、開発された光子カルシウムイメージングを用いた機能マッピングで視覚野内の各ニューロン（各ニューロンというのはあるいは不正確なのかもしれない）の動きを捉えることができたということらしい。（注三）。レーザー走査型顕微鏡でかなり複雑な装置である。またその後の技術の発展で、強力な対物レンズで視野も広くなり、約五ミリメートル四方が見られるようになっているらしい。私は完全には理解していないのだが、この光子カルシウムイメージングは、動物の大脳皮質の神経細胞を記録する標準的手法になっているとのことである。ともかく生体組織の深い部分の微細構造を長期間観察することが可能になったらしい。それによって上記のような実験でニューロンの発火の現象、電気パルスの受け渡しの瞬間が、撮影されている。ニューロンにおける研究が、ここまで進んでいるというのは、新鮮な感動であった。

また、その後、私は大木研一氏の「２光子イメージングで探る大脳皮質の機能構築と局所回路」という解説論文を読み、また、先述の講演と同じ趣旨の動画をＹｏｕｔｕｂｅで見聞することもでき、彼の研究をより深く理解することができた（注四）。今では、ラットと、より高等動物のネコでは発火点の大要が異なり、ラットでは一見ばらばらの点が光るのだが、ネコでは、それぞれの光る点が集まっていて別々の領域を為しているという事実もわかったそうだ。

脳科学の問題は、たとえ意識の問題がそれ相応の解決をしたとしても、もう一つ感情の問題がある。我々が楽しい、悲しいと心に浮かぶ機構はどうなるのか、これは意識、無意識に関わらず自然に起こる状態である。これを司る器官は脳の中のどの部分なのか、それすらわかっていないように思われる。動物の心の状態がわからない以上、それらを使っての実験研究は容易でない。

それにしても、科学の進歩は著しい。この根本君の講演で二〇二二年のノーベル物理学賞は「量子もつれ」の研究で、アラン・アスペ氏他三人に与えられたということも出てきた。それではというわけで、「量子もつれ」とはどういうことかとこれもネットで調べたが、どうも良くわからなかった。そろそろ、自分の理解力の限界を如実に思い知らされつつあるということのようである。

注一　自著『自然科学の鑑賞』内、「複雑系の科学への挑戦」で参考文献として、武田先生の著『脳と力学系』をあげた。
自著『いつまでも青春』内、「心と脳科学の進展」で、同じく武田先生の『脳と物理学』、および『脳は物理学をいかに創るのか』を読み、またフランシス・クリックの著『驚くべき仮説』の翻訳『ＤＮＡに魂はあるか』も読んだ。

注二　例えば、茂木健一郎『脳の中の人生』（中公新書ラクレ、二〇〇五年）

注三　日本神経回路学会誌　Vol.27, No.2(2020), p55-p65 太田桂輔、大出孝博、村山正宜「単一細胞

解像度の in vivo カルシウムイメージングを実現する広視野２光子励起顕微鏡」

注四　日本神経回路学会誌　Vol.19, No.1(2012), p3-p15　大木研一「２光子イメージングで探る大脳皮質の機能構築と局所回路」

および、サイエンスカフェ対談　https:// Youtu.be/ CvH4m5sS6RI

転倒事故による頭部手術の経験

私の現在住んでいる家は、父が亡くなって跡を継いでいた次弟が亡くなった後、二〇〇九年に、父の土地を末弟と折半した一〇〇平方メートルの土地の二階建ての家である。大阪に長らく住んでいてもう東京には帰る意志がなかった末弟の西隣りの空き地が漸く売却できたと通知があったのは、二〇二〇年の秋であった。どんな相手に売れたのかというと、何か大阪にある料理店のようだった。そのうち、建設準備が翌年始まり、説明看板を見ると、なんと地下一階地上四階で、共同住宅とあった。これは高い建物が建つなあと思っていた。そのうち建設の事前測量が開始された。

身近に建築されるのを見る経験がなかったので、ときどきではあるが興味深く見物した。最初、二月に三日ほどかけてボーリングが行われ、複雑な高さ四、五メートルの装置で地下の構造を実に三〇メートル検査すると聞いた時はびっくりした。四月ごろに長方形の敷地一杯、深さ七、八メートルの穴が掘られ、それからびっしりと直径六〇センチメートル、長さが数メートルくらいの円筒形コンクリートの杭打ちが始まり、底地びっしり二〇個くらい埋められた。これは、あらかじめできた固定の杭を埋めるのではなく、よくはわからないが、穴を掘ってそこにコンクリートを流し込むという工法のようであった。高いビルデイングを立てるということはこういう必要があるということを初めて知った。

私もときどき工事の作業をする人たちと、南側にある私道で、質問をしながら話をすることが多かった。事故はそういう時、六月五日（土）の夕方に起きた。工事の人たちと私道の我が家の逆サイド、つまり、私道で北を向いて話をしていた私が後ろに足を踏み外してあおむけで、転倒したのである。運悪く、そこは道を挟んで南側にある古いマンションの裏側の入り口で、私道からコンクリートの階段で五段くらい下がっていた。そこで、身体はあおむけで、頭が一番下の階段を降り切った下に落ち、途中で腰や尻を階段でしたたかに打ったらしい。私は気を失ってその前後が記憶にないが、話していた工事の若い人がすぐに助け出し、ブザーで妻を呼び出し、玄関前で会った妻は仰天し、私に「あなたの名前は？」とかなんとか聞いて、それが正常だったので家に入れたという。やがて私は意識を取り戻し、頭は切れて出血していたがたいしたことはなく、それより、胸の背後、腰や尻がすごく痛かった。

このまま、時間が経てば痛みは回復するだろうと思ったが、やはり、医者に診てもらおうと思い、八日（火）に参宮橋にあるかつて腰痛で通っていた整形外科に行った。医者はX線で見る限り問題はないが、念のためＭＲＩを撮りましょう、ということで新宿の日本医科大学付属の診断センターを紹介されそこへ行った。ＭＲＩの結果は仙骨にひびが僅かにあるが他には骨に異常はないとのことで、ホッとした。

それから二ヶ月余り、痛みは徐々に少なくなり、ほぼ正常状態で妻と二人で渋谷区での体操教室にも行って体力の維持に努めていた。

ところが、異変が八月の二〇日（金）あたりから起こり、歩行がままならなくなったのである。左足がどうもおかしい。新宿の銀行に一人で行ったのだが、途中の行き帰りで三度足がもつれて前のめりに倒れ込んでしまい、見ていた婦人が、熱中症かと水をくれたり、大丈夫ですかと何人もの年輩の女性がかけ寄ってくれたりした。こういう時の女性は皆優しい。何とか用を済ませて家に帰り着いたのであるが、家の中で歩いていても足がふらふらしてつったようになる。それで二三日（月）に行きつけの小児科その他何でもという医者、赤心堂の久保宏隆先生という同じ小学校出身の一学年下の医師のところに妻と行った。途中、歩いて行くまでにも塀伝いに支えが必要になったのである。先生の父は我々の小学校の校医をしていて、私の父はPTAの会長をしたりしていたので、二人は懇意で碁友達でよく家に来たりしていた、父の代からの縁であった。

六月の転倒事故の折りのMRI検査の画像CDを見せたら、先生は、私の症状はどうもこれは頭部に異変があると思ったらしい。これは腹部、腰部の画像で見たいのは頭部なので、それのMRIを撮って下さいと言われ、先生が予約され、翌日再び頭のMRIを撮影してもらった。

そして、そこで、頭部の大量内出血が判明した！　右の脳が上の方から、へこんでいて、その上にぼーっとそれらしき液体が覆っている。だから主として左足に異常が発生していたのである。翌日、その画像を見た久保先生は、「これは即入院、手術だ。今タクシーを呼ぶから、すぐ慈恵医大病院に行ってください。連絡はとりました」と言われたのである。慈恵医大は先生の母校で、息子の嫁の弟が、そこで脳神経外科の医局長をしているということだった。

昼ごろに妻と二人でタクシーで芝にある慈恵医大病院に行った。私は待ち構えていた若い医師に全てを任せることになった。

それから、すぐ久保先生の女婿である医局長の菅一成先生が若い藤田周佑先生に担当を依頼し、私は、頭部のＣＴ撮影後、手術室に運ばれ、直ちに頭部の手術が行われた。藤田先生の説明では、頭蓋骨に一〇円玉くらいの穴をあけ、そこから硬膜とクモ膜の間に溜まった血液を抜きだすとの事であった。手術室では、女性看護師も含めて五人くらいの人に囲まれていた。

手術は局部麻酔で行われ、痛くはなかったのだが、ドリルらしきもので穴をあける時に頭の中で凄まじい音がしたのには参った。穴があいた所で、細いチューブを差し込みそこで、中の血液が自然に流れ出るのを待つようだった。病名は外傷性慢性硬膜下血腫となっていた。

点滴の装置を付け、頭からの出血を受けるゴムの袋をぶら下げ、そのような状態で中央棟の一七階の四人部屋に入院した。だいたい一週間はかかるでしょうと言われたのである。私にとってこのような期間の入院は初めてのことだった。今までは前立腺がんの生研の検査入院とか、大腸ポリープをとる手術で二、三日の入院はあったのだが。

コロナの蔓延で、面会はできず、以後妻からの着変えとか、身の回りの日用品、入院中の無聊を埋めるための本の差し入れ（読みかけだった、出口治明著『日本の未来を考えよう』（注一））など、すべてナースステーションを通しての間接の受け渡しだった。一日くらい、点滴用の装置、脳からの出血の袋を付けていたが、それが取り外されてからは、もっぱら出口著をメモをとりながら読み進めた。四人部屋は費用がかかり、六人部屋はただと聞いたので、空きができたらそちらに移りたいと希望はしていたのだが、それが実現したのは五日後だった。もっとも各患者はカーテンで仕切られ、隣りの患者を訪れる看護師と患者の会話がときどき漏れ聞こえるくらいで、静かだったし、各患者にはイヤホーン付きのテレビがあり、折しも東京のパラリンピックが行われていたが、私は折角の世の中との接触がない貴重な機会だからと、一切それには触らないで、ひたすら本を読んでいた。

私は入院中、いつも遠藤周作氏の本の一節を思い出していた（注二）。彼は三八歳の時、長期入院を伴う三回の大手術（肺切除）を経験している。そして書いている。「今でも病院に心惹かれている。あそこでは人間が普段の仕事や地位、身分等の社会的飾りを棄てて、むき出しに病気と闘わなければならない、そして自分の人生をじっとふりかえる人々が住んでいるからである」と。正に私はそれを経験する得がたい時なのだ、と思った。もっとも、数ヶ月、数年に亘った彼の入院と比べると、私の入院などは短くて全く比較にはならないのであるが。

読書の合間に、私は閑に任せて、いろいろ一七階の見物もした。一七階には、中央の看護室の両側の廊下を挟んで患者用の部屋が二一室あり、一人部屋が一四、四人部屋が五、六人部屋が二となっていたから、最大四六人収容のようであった。廊下の突き当たりの窓からは、東京タワーがまぢかに見え、その下には増上寺の広い境内が見えた。一七階は、脳神経外科、泌尿器科、眼科の入院患者が集められていた。食事は毎日三度、献立は五つの消化のよさそうな柔らかいもので、毎食一六〇〇キロカロリーとの献立表の紙が付されていた。また、毎食前に、治療によいからと言われ、粉末の漢方薬である、ツムラの柴苓湯（さいれいとう）を飲んでいた。

その間で一番感心したのは、若い看護師さん達の行き届いた世話だった。手術当日は、真夜中一、二時間ごとにやってきて様子を伺い、声をかけてくれ、朝には毎日血圧を測り、トイレにも付き添って入口までついてきてくれるなど、細かくケアをしてくれたし、食事も届けるのは無論だが、頻繁に状態を問いかけてくれて、全く申し分のない対応だった。手術の三日後、シャワー室で看護師さんが裸になった私の頭髪を丁寧に洗ってくれた。藤田先生は、まだ三五歳といっていたが、一日に一度は、面会に来てくれた。途中一日、彼はパラリンピックの馬術会場に動員され、選手の万が一の事故に備えて動員されたようで、帰って来た翌日そんな話を聞いたりした。

私は、そもそも慈恵医大という病院の成り立ちも全く知らなかったのだが、その名は明治時代に総裁となった昭憲皇太后から戴いた名前であり、創立者の高木兼寛（注三）は、後に海軍の軍医総監になった人である。病院の敷地内に彼の名をとった「高木会館」がある。

その後、三一日にCT撮影を行った。順調に回復しているとのことだった。九月一日に、妻と初めて面会、退院手続きを行った。帰宅して見ると、メールが三〇通きていた。これらは大部分、七月、八月に開始していた、高校の「傘寿記念文集」に関するものだった。その後は、入院前と同じような生活を続け、明治神宮での散歩も続けた。

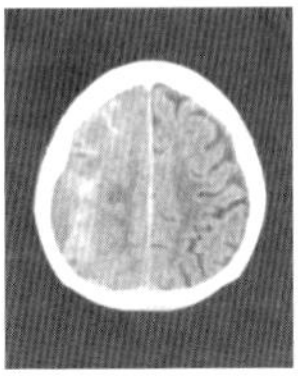

８月２５日手術前

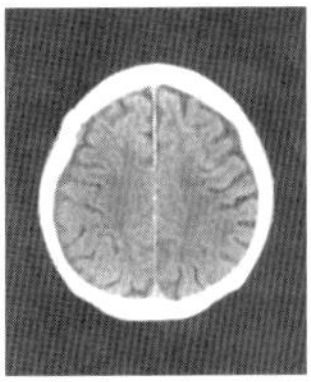

１２月７日
治療終了時

九月七日、慈恵医大病院に行き、CT撮影、藤田先生と会い、これから一月毎に経過を見る為にCT撮影を行うと言われた。その後、九月二八日、一一月二日、一二月七日と、病院に行き、藤田先生から「手術後三ヶ月、完治と言っていいでしょう」と言われ、治療を了えた。記念にと彼からもらった二つのCT画像のコピーを示しておく。この間に、私は藤田先生といろいろな話をした。最後の機会には、彼は、私の治療の経過について様々の立体的な画像もみせてくれて説明してくれた。

このような手術を今迄にどのくらいされていますか、という問いに対して、彼は「そうですね。まあ、二百回くらいしていますね。自動車事故が一番多いですね。もうどうしようもないケースもあります。曽我さんの場合はもっとも上手くいったケースです」ということだった。彼の年齢から考えると、一月に三回くらいとのことであろうか。

私の場合、その職業生活の前半の物理学の研究は、ただひたすら好奇心に基づいていたのだが、医学はその成り立ちから考えて、始めから人を助けるというヒューマニズムから成り立っている。もっとも私も四〇歳半ばからは、医療機関に移り、物理工学の立場からがん治療の機関で働けたのは幸運だった。私は今回の経験を経て、医学の進歩というものは、実に偉大なものだなあと改めて思った。

注一　出口氏は執筆時は生命保険の会社の社長であったが、その後、その見識を買われて、現在は、別府にある立命館大学が創設したアジア太平洋大学（ＡＰＵ）の学長になっている。この本は、二〇一五年出版でやや古いのだが、日本の世界での立場について、自然、環境、人口、政治、経済、教育など、長期的観点から、多くのグラフを載せて、その相対的な位置の考察を行い、将来の目指すべき日本について、種々の提言を行っている非常に面白い本であった。

注二　自著『志気』内、「遠藤周作『ぐうたら随筆』の一節「わが青春に悔いあり」において

注三　退院後に調べて見ると、高木兼寛は一八四九年、宮崎県の生まれで、森鷗外より一三歳年上であり、イギリスに留学し、帰国後、前身の成医会講習所を一八八一年（明治一四年）に設立した。八七年に東京慈恵病院となっている。日本最古の私立医科病院とのことである。日本の官制の医学はその後、主にドイツ医学の流れとなったのであるが、慈恵医大はイギリスからの影響で、日本で初めての看護教育を取り入れ、アメリカからの初めての女性医師を迎えている。これが現在、慈恵看護専門学校になっている。私は世の中には、まだまだ私などが知らなかった偉い人がいろいろいるものだなあ、と思った。

高木兼寛氏

第二章　社会の動きについて

女性の政治・経済などでの社会への進出

ここ数十年、日本の女性の社会への進出は目覚ましく見える。近代の社会的活動をいろいろ考えて見ると、いわゆる歴史的に有名になった人は、男に比べれば遥かに少数だがいることはいた。戦前から、津田梅子、跡見花渓などの教育者、荻野吟子、吉岡彌生などの医者、戦前、戦後にかけての与謝野晶子、林芙美子、野上弥生子など多くの文学者、上村松園、小倉遊亀などの画家などがあげられるだろう。しかし、これらは、才能、環境に恵まれた非常に限られた人々である。

一般の労働者というと、多くの一次産業、農業・漁業関係者は別だが、女性単独の労働、例えば、会社では、紡績会社の女工などでいずれも単純労働の繰り返しによる労働が多かった。明治から大正にかけての女工哀史として有名になった『あゝ野麦峠』の物語などがあるが、戦後も紡績工場では女性が多く、一九六四年の東京オリンピックでは、バレーボールで優勝した日紡貝塚の選手たちは「東洋の魔女」と言われた。

私は東京という都会で育ったので、身の回りの女性で社会的労働に従事していたのは商店で共稼ぎであったおかみさん、小学校の先生、保健師の先生くらいしか気がつかなかった。また、新宿の甲州街道沿いには文化服装学園（現文化学園大学）があり、そこに通うお針子志望の女性の大群には毎朝、中・高校へ通う通学時、新宿駅に向かう途中で会った。また、南新宿駅近くには山野愛子などの美容学校もあった。

それ以外には小学校の同級生では百貨店の売り子、バスの車掌になった子もいた。これらの職業を除くと、一般の会社では秘書かタイピストなど補助的仕事をしていた女性がほとんどだったようだ。これらは小津安二郎監督の多くの映画に典型的に見ることができる。映画は男女の恋愛をからめるというのが古今東西の王道であって、観客もそれを期待し楽しむのが普通だが、彼女たちが働いていること自体は全く主題ではなく、職場はあくまでも腰掛け的で、映画のストーリーの主題は常に未婚である彼女たちの結婚問題であった。そして、花嫁になるということで、周囲から祝福され映画は「完」となった。これは日本の伝統的な価値観、女は幸福な家庭を築くのが一番の道という考えを体現していた。それが実現できるかどうか、本当はこの後の事柄が人生にとってはるかに長く重要なのだけれども、結婚が若い女性にとって一番の課題であって、それは常に華やかな瞬間でありそこで大部分の映画は終わっていた。

女性の地位というものを、数値的に著したものとして、世界経済フォーラムが二〇〇六年から公表している「男女格差指数（ジェンダーギャップ指数）」というものがある。これは、調べて見ると、経済、教育、政治、保健の四分野で、0から2の値で表される。経済では、労働力の男女比、類似の労働での賃金の男女格差、推定勤労所得の男女比、管理職従事者の男女比、専門・技術職の男女比といった項目がある。

二〇一九年の統計によると、一五三の主要国のなかでは、総合で日本は過去最低となる一二一位であった。個別に見ると、上記の経済分野では一一五位、教育分野では九一位、政治分野では一四四位、健康分野では四〇位となっている。最もランクの低い政治分野の項目での順位は、何で決めているかというと、国会議員の男女比、閣僚の男女比などで、日本は前者では一三五位、後者で一三九位である。

政治家などでは、北欧をはじめヨーロッパや東南アジアでは、そのトップが女性という例はあまたあるが、日本ではまだ大臣経験者も少なく経済閣僚になった例はない（小渕優子が通産相になったが人気とりに過ぎなかった）。また国会議員の数でも、男女比は非常にアンバランスである。

調べて見ると、国会議員の上院・下院の合計で、先進国のG7各国では、フランス三七・七%、イタリア三五・三%、カナダ三三・九%、ドイツ三一・九%、イギリス三〇・六%、アメリカ二六・八%に対し、日本は一四・四%で極端に少ない。スウェーデンは四七・〇%であって世界八位である。閣僚では、菅内閣で女性は二人で一〇%、岸田内閣でも二人、アメリカはトランプの就任時は四人であったが、バイデン大統領になって大幅に増やし全二五人のうち女性は一二人と画期的に増加した。副大統領のカマラ・ハリス氏と、特に財務長官にFRB議長であったジャネット・イエレン氏が就任したのが目立つ。また、ドイツの長年のアンゲラ・メルケル首相を引き継いだ三党連立のショルツ内閣では、大臣半数の八人が女性、特に外務大臣や国防大臣が女性であることが目を惹く。

私は政治というものは、国際関係は別として大部分が日常生活に関するものなのだから、国会議員なども半数近くが女性であることが望ましいと思っている。これらの政治というのは、難しい理念よりは、生活上の常識、あるいは良識がものを言う。社会規範に照らすと、女性の大半が真面目であり、犯罪をおかす人数だってずっと少ないのである。そして女性の立場からの主張をどんどんしてもらいたい。男の気付かないことはたくさんあるはずだ。

しかし、一方でこのジェンダーギャップを以て、日本の女性は世界でもっとも悲惨な生活をしている国の一つだと感じている人は全くいない筈だ。日本の多くの女性は、世界で最も豊かな経済国家の一つにあって、太平洋戦争後は一度も戦争がない先進国では唯一の国であり女性は世界で最も幸福な生活を送っているとも言える。家庭を重要視している多くの女性にとって、まずは徴兵制のない国はどんなに有難いことであろう。

日本の家庭は、昔から家父長制、多くは男が主導権を握ってきたとは言うものの、実際には、家庭での経済は多くの場合女性に任されていて、消費の面では彼女たちが自由に自らの裁量でとりしきってきたのである。収入をほとんど亭主に依存してきた彼女たちは、堅実に家計を司ることに専心する。だから日本は貯蓄大国になっているのである。これが男が家計を任されていたら絶対にこうはならなかったに違いない。

私の家の近くに婦選会館がある。それは、戦前から婦人参政権を強く主張した市川房枝氏の記念館とも言うべき建物である。私も代々木に戻って、一度そこを訪ねた。年取った婦人が丁寧に案内してくれた。また家から彼女の色紙が出て来た。昔、母がそこで買い求めたものかもしれない。彼女は最初は地方紙の新聞記者であったが、戦前から、平塚らいてう、奥むめおと共に、婦

市川房枝氏

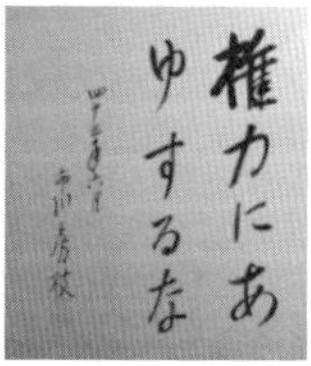

市川房枝の色紙

人運動に打ち込み、戦後は、いちはやく「新日本婦人同盟」を結成し会長に就任、やがて参議院議員となって、女性の権利を中心とした市民運動に邁進した（注一）。今から思うと、八七歳で没するまで一生独身であったが、政治の汚濁にもまみれず、その一生を見事に貫いた生涯は、清らかな一輪の白梅にも例えられよう。それ以外にも、加藤シヅエ、土井たか子など、それぞれ、如何にも女性らしい一途な姿勢で頑張った政治家を思い出す。

地方自治でトップの女性知事はいままでにどのくらいあったかと調べて見ると、二〇一六年に当選した東京の小池百合子氏が七人目である。最初は、二〇〇〇年に通産省出身で大阪府知事になった太田房江氏、続いて同年に副知事から熊本県知事となった潮谷義子氏、翌年には、千葉県の堂本暁子氏で、すべて二期八年勤めている。以下、二〇〇三年、北海道で通産省出身の高橋はるみ氏で彼女は長く四期一六年、そして二〇〇六年、滋賀県で学者出身、農学博士の嘉田由紀子氏が二期勤めている。また二〇〇九年に山形県知事に吉村美栄子氏がなっていて彼女は現在四期目を継続中である。このうちで私が印象的に覚えているのは、嘉田氏が琵琶湖の新幹線駅設置に反対しそれを押し通したこと、知事任期中に新党を結成したり、退任後衆議院議員に立候補、落選したり、二〇一九年に野党四党の統一候補として無所属で参議院議員に当選したりで、いろいろ政治的動きがあったことである。それ以外の知事は、どんな仕事をしたのか記憶にないが、それぞれ堅実に実務をこなしたということだろう。地方自治は、それでよいので、男女による違いなどは考える必要はないと言える。ただ、国政選挙にせよ、地方自治選挙にせよ、当選するまでには、組織の支持はもとより、膨大な資金が必要な事が、女性の進出を困難にしている。

その下の市長となると、今は、横浜の林文子前市長を始めとして、いくつかの地方政治のトップを女性が占めるようになったが、まだまだ数は少なくて、調べて見ると全国で二五人程度である。これは、全国の市がどれくらいあるかというと、平成一一年に六八〇だったが、市町村合併で増えて平成三〇年で七九二、だから約八〇〇のうちの二五だから本当に微々たる数である。林市長が有名なのは、彼女の前歴、自動車のＢＭＷを五年間で四〇〇〇台販売したという驚嘆すべき実績を示したことなどによるユニークさ、華やかさで、マスコミにも取り上げられたので私も知ったのであった。それ以外の人たちもそれぞれ着実な行政を進めていると思われる。

国会議員の活動では、一般に与党の議員の質問はいわゆる「提灯（ちょうちん）質問」だから、論じるほどのことはない。与党の政治を持ち上げるために、わざわざ与党の施策を解説させるための質問をするだけである。

野党側からの質問で、女性の中では、辻元清美氏がひときわ目立つ。彼女は学生時代から活発であったようだが、よく勉強もしている。ただ、野党の論議では、与党政治家の不祥事とか、失言をとりあげ、もっぱら相手を批判することが多い。これらは正義感のみでなんの勉強もいらないので誰でもすぐできる。本当は与党に代わるような政策を提案して欲しいのだが、そういう論戦は甚だ少ない。国民はそこは割合よく知っていて、与党に代わる政策を野党が滅多に提起できないのを見抜いている。だから野党は選挙をしてもなかなか伸びないのである。

政治を論じる批評家でも、櫻井よしこ氏など、タカ派的言動で国際問題で強気の発言をしている人もいる。ただ私が彼女の本を読んでいる限りでは、まだ柔軟性がなく、頑なさがある。一つ立場を決めて、ひたすらそれ一辺倒で論議を展開する。国際政治を見ていると、特にロシアのプーチン、中国の習近平等の政治はまったく融通無礙、権謀術数の世界である。自分の権力維持のためにならあらゆる手を使う。アメリカのトランプもそうだった。

昔は社会評論をする女性は、在米の長い生活経験のあった石垣綾子氏や、アメリカに留学し博士号も取得し、二〇年間近く在米経験のあった坂西志保氏、ラジオの女性談話の草分けであった秋山ちえ子氏などがいたし、世代はやや若いが俵萌子氏、樋口恵子氏、上坂冬子氏も活躍した。

最近はテレビの討論会で女性がよく出て来るようになった。私は日曜の朝は食事がてら、TBSテレビの「サンデーモーニング」を流し聞きすることがある。国内外の一週間のできごとを一通り伝えてくれるので、便利である。もともと中道的な毎日新聞との提携があった伝統で、毎日新聞の編集委員が必ず列席して最後に総括的発言をしているが（今は資本提携はまったくないとのこと）個々の話題は、短時間であるので、さらっと触れる程度で深く掘り下げることもない。コメンテーターに有力私立大学の法学、政治学などの女性教授がときどき出て来る。ただ発言を聞いても、彼女たちはものごとを定量的に捉えるようなこともなく、大部分、感覚的発言で自己の主張はほとんどなきに等しい。彼女たちは番組の彩りに使われているだけの感がする。ただし、私は彼女たちの著作を読んだ事がないので、専門ではしっかりした仕事をしているのだろうが、その見識を論評する立場にはない。むしろＮＰＯ法人の代表で活躍しているようなより若い女性の発言は、実際の行動をしているだけに発言に説得力がある。このような女性が今後大きく活躍して欲しい。

東京ＭＸテレビの（９ｃｈ）の寺島実郎の『世界を知る力』で、三人の鼎談の一人として出てきた慶応大学の総合政策学部教授の白井さゆり氏をたまたま見たが、彼女は世界経済の動向をよく眺め、数値的なこともよく把握しているように思われた。彼女なら、かなりの経済に関する議論でしっかり発言できるだろうと感じた。

しかし一般に男女を問わず学者の発言は、ジャーナリストの解説をさらに遠方から上塗りする程度のことが多いので同じようなレベルの発言をする学者は数多くいるのである。しかし、大学の教授、助教授で女性の学者が徐々に増えているのは好ましく、今後どんどん積極的に活躍して欲しいものだ。

望月衣塑子氏は新聞記者で、いろいろな社会的事件を取材しているうちに二〇一六年に『武器輸出と日本企業』を書いている（注二）。一九七五年生まれ、二児の母ということだが、詳しくは知らないのだが、こういう家庭を築きながら、社会的仕事も続けているのは、たいしたものだと思う。社会部の記者でありながら、官房長官あるいは首相だった菅氏に執拗な質問をしていて、外国でも珍しいと評価されていたようだ。一方で、夫が家計を支えているから、自分が干されても構わないという女性特有の強みがあることは見逃せない。男だと家族を背負っているから、どうしても権力者に睨まれたらいかんと慎重になる筈である。こういう点でも女性が大いに政治的に活躍することを期待したいと思う。NHKの政治部で活躍して政治解説をする女性もいる。

これらは、個人としてやや目に立つ人をとりあげたに過ぎない。戦後、一貫して盛んになったのは、多くの女性が共同でその主張を繰り広げたことで、主婦連とか地婦連の活動などが盛んになって女性の待遇改善が進んだ。民法改正による配偶者の遺産相続が二分の一になり、育児休業法が成立、女性に対する労働条件の改善、男女雇用均等法、売春防止法の成立、企業内の必要に応じた保育所の開設の義務化、配偶者暴力防止法、企業の一定比率の女性幹部の採用の勧告その他、それらによって非常に多くの社会的改善がなされてきたことは論を俟たない。しかし、一方法律が成立したからとて、それが必ずしも実行されていないことが多々あるのが問題ではある。

私が長らく主戦場としてきた科学技術分野での女性比率は、欧米に比べて遥かに少ない。政府ではこれを改善すべく、平成一一年に「男女共同参画基本法」の立案をし、その後、令和二年の第五次まで、種々の政策を提起してきた。この第五次の時、研究職・技術職の女性の割合は、イギリス三八・六、アメリカ三三・七、フランス二七・〇、ドイツ二七・九に対し、日本はぐっと少なく一六・六%であった（内閣府男女共同参画局による）。その後もそれに対する方針の文章は役人によって作られるものの、具体策に乏しく、事態はさほど進展していない。これは、社会の多面的な事情を反映しているので、進展は容易でない。

経済界で企業を起こす人が出て来たのは数は少ないがもっと遥かに古い。ファッション界の森英恵、コシノ・ジュンコ氏などは、女性相手オンリーの仕事だから別として、一九七六年に引っ越し業者「アート引越センター」を起こした寺田千代乃氏、最近に社長を息子に譲って会長になったが、彼女は二〇〇五年に関西経団連の副会長になっている。彼女はその職に一四年間あって、二〇一九年に退任した。また、「アパホテル」の経営者社長の元谷芙美子氏は夫が一九八一年に起こした会社の取締役を経て一九九四年に社長に就任した。同ホテルは安いホテルとして現在隆盛を誇っている。

二〇二一年六月には、遂に経団連の副会長の一人にＤｅＮＡ社長の南場智子氏がなった。彼女は津田塾大学英文科を優秀な成績で卒業し、アメリカの大学に一年留学、帰国後日本のマッキンゼー支社に入社、その後退職してハーバード大でＭＢＡ所得、その後にマッキンゼー日本支社の役員になった。智子氏が起業したのは一九九九年ということだからまだ約二〇年前のことである。ＤｅＮＡはプロ野球の球団名では有名だが、会社としては何をしているのか、ネットで調べても、なかなかわかりにくい。そもそもの主力はゲーム産業だというけれど、自動車の運用事業、健康産業に関連したもの、動画配信事業、雑誌アプリ事業など、いわば私とは縁遠い事業を多面的に手掛けているようだ。いずれにしろ、創業者が経団連の役員になることは、めったになく、主要子会社が十数社あるというのはたいしたものだと言えるであろう。彼女は数年間、この地位を打診されていて、ずっと断っていたとのことだが、遂に受諾した。一方、これは、経団連がかつての威光を失いつつあり、会長さえ、昔の会長に比べれば遥かに影は薄く、それを少しでも取り戻そうと、女性を副会長にしたのではないかとも感じられる。

なにせ、経団連の副会長は、かつては一〇人以下だったが、二〇年前の日経連との合流で一六人になり、今回はさらに増員され一八人になった。いわば、彼女を副会長としても、各業界の既存枠の数に影響はないとして、躊躇する彼女を説得したのではないかという気がする。そして経団連そのものが、かつての会長は財界総理と言われた時代に比べるべくもなく、社会的役割が希薄になっている。会長はその時の経営が安定している景気のよい会社から選ばれる。副となると、マスコミから個人的意見を求められることもなく、何も活動は期待されているわけでもない。さる雑誌によると、これは政府からの相当の叙勲対象者になったことを意味しているだけであるとの見方もあるようだ。

また、対立する存在として、二〇二一年一〇月、労働界の総元締めとも言うべき「連合」の会長に芳野友子氏が就任した。彼女はそれまで副会長だったがもちろん女性初の会長である。彼女がそれを打診された時は仰天したということだが、八代目で歴代最年少（五五歳）の会長である。そもそもは彼女はミシンメーカーに入社以後、やがて組合専従活動をしてきて、一九九九年から中小企業の組織ＪＡＭ（ものづくり産業労働組合）の中央執行委員となり、やがて副会長になっていた。「連合」七〇〇万人のトップと言うわけだが、喜んでばかりいるわけにはいかない。これは組合活動のある種の停滞の反映でもあるからだ。

女性が経済的本を書いたのに私が最初に気付いたのは、二〇〇〇年ごろにベストセラーとなった幸田真音氏の本『日本国債』であった。私は出版一〇年後くらいに読んだ。これは小説仕立てであるが、女性でも経済に詳しい人が出て来たと思った。彼女は米国系銀行などで債権を取り扱って国際金融の知識を培い、四〇歳代半ばに作家に転向したようだ。その後多くの本を出しているようだが、私は、あまりその方面に興味がないので上記の一冊しか読んでいない。

平和な時代には、女性が頭角を現すのにもっとも良い時期で、戦争が始まれば、そうはいかない。女性がそれぞれ意欲と能力を感じ、社会で働きたいと思う女性は、是非頑張って欲しいし、社会もそれを受け入れるような体制を作るべきだと思う。一方で、そうではなくて、多くの女性にとっては、より本質的なあるいは普遍的である女性の任務、周囲を助け、家庭を守り、人を育てる、という、いわば人類を存続させるための尊い献身がある。そして、そこに彼女たちの求める最大の幸福の源があるということもまた確かであると思う。

その意味では、個人主義が早く発達をした西欧に比べ、東洋は、女性はまず男を立てて、その後に続く、ただし、その男を支えるという、古来の伝統的美風の色彩が強い。だから、日本はジェンダー・ギャップは大きくても、大部分の女性はさしたる不満はないとも思われる。もっともこういう感覚は、私の世代のものであって、やがて変わって行くかもしれない。

私は図書館で、ときどき経済週刊誌の『日経ビジネス』や、隔週誌の『プレジデント』をながめると、女性の起業創業者、あるいは社長の記事がときどきでてくる。彼女たちは一般に年齢を出さないことが多いが、写真で見ると、まだ三〇~四〇歳台という感じである。設備、製造というより、ソフト技術を活かした、開発、コンサルティングという会社が多い気がする。こういう女性が今後どんどん出てきてほしいと思う。

注一　自著『悠憂の日々』内、「『私の履歴書』読後感」参照

注二　自著『小説「ああっ、あの女は」他』内、随筆「国の軍事的防衛」で引用した。

石垣綾子氏と、秋山ちえ子氏の自伝

前節で書いた、女性評論家の中で、私が読んだ自伝的著作に石垣綾子著『我が愛　流れと足跡』（新潮社、一九八二年）がある。彼女が書いたこの自伝はなかなか面白かったので、簡単に書いてみたい。

石垣綾子氏の本

石垣氏の本は、彼女が七九歳の時に出版されている。一九〇三年生まれ（明治三六年）、私にとっては父よりさらに七歳上であるが、子供の頃から名前は知っていた。石垣氏の人生はかなり激しいものであった。家は、早稲田南町の五〇〇坪の土地にあり、父は厳格な教育者であったが（東京帝国大学で物理学を専攻し、後に陸軍幼年学校の教授となる）、生母は子供三人を生んで、彼女が四歳の時、結核で亡くなり、継母も一二歳で猛威を揮った腸チフスで亡くなった。彼女も罹ったが、二ヶ月の入院で回復した。

彼女は優等生で、二歳上の姉とともに、府立第一高等女学校に進み、姉は日本女子大に進んだが、彼女は自由という名に憧れて創立されたばかりの自由学園を選んだという。そこで、自由を一杯吸い込んだ彼女は、創立者の一人羽仁もと子から、女も職業を持たなければと教わる。そして、社会主義運動の流れに棹さして、国際婦人デーには、会場でビラ配りを行うまでに行動的になった。卒業後は、図書館で河上肇、クロポトキン、山川菊栄など左翼系の本をむさぼり読むようになった。大正一二年の関東大震災を経験し、大杉栄が殺され、治安維持法が成立するに及んで彼女は日本を脱出したいと思うようになる。教育雑誌の発行所で働きだし、ワインを飲みタバコも吸うようになった。早稲田大学の聴講生となって通いだし、その縁で知り合った青柳優と初めての恋を経験。一九二六年、二三歳の時、赴任する外交官の姉夫婦について渡米し、青柳と一年経ったら帰って来るから結婚しようとの約束で、見送る彼に別れを告げて船に乗り込んだ。ワシントン生活に閉塞感を覚え、四ヶ月で当初からの目的のニューヨークに単身で住みだした。

このような選択に、女性ながらに、激しい向こう見ずの勇気を示した女性を私は他に知らない。ＹＷＣＡ宿舎にまず居を定め、日本で早稲田大学の大山郁夫教授から紹介された講師の猪俣津南雄にニューヨークの知人としてその名を紹介されていた画家石垣栄太郎と親しくなり、芸術家がたむろするグリニッジ・ヴィレッジで、その自由な雰囲気を満喫していた彼女は、一九二九年、二六歳で彼と結婚した。その前、青柳とは、手紙のやり取りはしていたのだが、遠い存在となり、ある時手紙を燃やしたとある。彼には「当分帰れない」と手紙を出す。（その後、彼女が彼の消息を知ったのは、日本の敗戦で、家族などの消息をニューヨークから問い合わせたあとになった。）

石垣夫妻

栄太郎は一六歳の時、父の都合でアメリカで生活し、さまざまの労働を経験しながら画家となり、アメリカ人と既に二度結婚していて、綾子との結婚は三度目の結婚で、一〇歳年上だった。包容力の豊かな男であったようで、彼女は初めて精神的に安心した生活をできたのであろう。

結婚した後、彼女は、結局夫と共に戦後の一九五一年に日本に帰国するまで実に二五年間、アメリカに滞在し、その間の行動は、全二六〇ページの記述の中で、約一五〇ページを占める。そのような特異な経歴を辿った女性であった。この間の詳細な記述は本文を読むしかなく、ここでそれを詳細に追っても詮ないことなのであるが、彼女の、女性としては人並み外れた行動力に驚嘆する。時は一九二九年の大恐慌から、三三年のルーズヴェルト大統領の就任、ニューディール政策の採用でアメリカは精気を取り戻し、日本では三一年の満州事変（柳条湖事件）から、日本の中国侵略が進み、三六年には二・二六事件が起きている。やがて四一年日本の真珠湾攻撃で日米開戦となるのである。

この間に、彼女はアメリカにあって、どうだったのだろうか。結婚当初は、画家との結婚だから貧乏で、町工場で手仕事の賃仕事、和服のモデル、遊園地の店での販売呼び込み、翻訳の手伝いなどのアルバイトをしていた。

彼女は、この頃一度目の子を流産し、二度目の子は生後一〇日で亡くなり、子供には恵まれなかったが、アメリカで、反戦・社会運動に取り組んだ。驚くことに芸術家に国家から支援金が出て、栄太郎も社会的なテーマの壁画のチームの主任として仕事に熱中した。

彼女が最初に所属したのは「中国友の会」で、日本人は彼女一人、一九三五年頃だった。この会はアメリカの中国支援のはしりで、彼女は最初機関紙に寄稿したりしたが、その内、人前で講演をするようになった。最初は足が震える思いであったが、そういう時は講演前にウィスキーをぐっと飲んで、思い切って話した、というのだから可愛い。彼女の主張は、愛する日本が軍靴に支配され、中国への侵略をして人々を殺している、これを一刻も早くやめさせなければならない、といったもので、具体的には日本品の不買運動や、戦略物資の日本への輸出禁止を訴えたという。

一九三六年（二・二六事件の年）、ロスアンジェルスで活動するアメリカ人から、東部だけでなく太平洋沿岸でも活動を拡げてくれないかと依頼を受け、栄太郎に相談すると「がむしゃらな綾子らしくやってみるんだな」と言われ、翌年六ヶ月間が限界と自ら決め、初めて栄太郎と離れて旅立った。当地では、あらかじめ知らされていたリトル・トーキョーの近くのルーマニア人の家に下宿した。そこで、邦字新聞の客員記者として、記事を書くようになった。またカリフォルニアの日本人と語り合うようになった。しかし、ある時、北支戦線で戦った日本人将校が講演をして、帝国の栄光を強調すると、一挙に会場の雰囲気が変わり、ホールは熱狂したという。これで彼女は人々が突然白から黒になることを知った。

ニューヨークに帰り、依頼を受けて彼女はボストンを始め、メイン州、バージニア州、ノースカロライナ州などを回って、反軍国主義の講演旅行にあけくれた。

一九四〇年の当初、彼女は初めての本『憩なき波』（Restless Wave）を出版した。推薦文は会社が林語堂に依頼してくれ、彼女は彼とも親しくなった。『ニューヨーク・タイムス』や『ヘラルド・トリビューン』という代表的新聞に取り上げられ、なかでも『アジア』誌でパール・バック（『大地』を書き、三八年ノーベル文学賞を得ていた）が書評にとりあげて書いてくれたことにより、彼女の知遇をえた。さらにアメリカ最大の講演斡旋会社から、専属で迎えたいと言われ、一二〇人程の有名人に混じって契約した。講演の宣伝パンフレットは皆美男美女の写真となっていて、あなたもそうしますと宣伝部の女性に言われる。服装に注文があって彼女は和服にしてくれと言われ、二着を新調せざるを得なかった。できあがったパンフレットを見て、栄太郎は「これはちょっと詐欺だなあ」と皮肉ったという。

講演のパンフレットの1部分

その内、彼女は会社の方針で、中国人の女性ヘレナ・郭氏と二人でタッグを組んで講演もするようになった。敵国人同士が同じ壇上で平和を訴える。これが会社の謳い文句となり、どこでも熱狂的関心で迎えられたとある。

　考えて見ると、アメリカに居る日本人として、当時の日本の侵略に対し、素朴な平和への希求から、反日の行動をしたのも、かなり勇気のいることではあったであろうが、逆に言って日本でだったら、彼女はとっくに官憲によって逮捕され、投獄の憂き目にあっていたに違いなく、アメリカだったからこそその行動とも言える。このようなアメリカの懐の深さをつくづく思わされる。

　もっともアメリカでも太平洋岸の西部はそうでなく、一九四二年頃から日系アメリカ人、約一〇万人は強制収容されて、全ての権利を剥奪されて、ひどいことになったことも記述されている。また、後述のように、戦後赤狩りと言われたマッカーシズムという狂気の時代もあり、さらに黒人は人間扱いもされずまったく論外だった。

ニューヨークでは、大勢のユダヤ人の亡命者を受け入れるとともに、反ナチの運動が盛り上がっていた。このような活躍の時、日本は、一九四〇年九月に日独伊三国の軍事同盟を締結していたのである。そして、翌年一二月には、日本の真珠湾攻撃で日米開戦となった。それがわかった日から、彼女は主催者から、演壇に登ることを丁重に断られた。家に帰ると、日本人は危険だからとFBI係官から外出制限を申し渡され、移民局では新たに番号付きの登録をさせられる。

やがて、彼女は戦時情報局に入り、日本向けの反戦ビラを書き翻訳業もするようになり、その部局が西部に移ると、彼女はそのまま残り陸軍省の日本語担当になって、アメリカの日本上陸の準備としての日米軍用辞典、また日常会話の手引の作成に携わったりした。

一九四五年に入ると、日本の敗北はもう時間の問題でアメリカでは降伏後の日本をどうするかの議論が活発になっていたという。四月一二日にルーズヴェルトの急逝、末にムッソリーニはパルチザンに銃殺され、同じくヒットラーが自殺した。

そして八月の原爆投下である。一五日の日本降伏の日、栄太郎と彼女は平和の日を迎えた喜びで静かに杯を重ねたとある。

彼女たちは、日本の家族はどうなったのだろうか、と進駐軍として日本に赴く二世兵士に手紙を託して消息を尋ねた。その結果、栄太郎の父、弟は病気で死に、弟の妻は大空襲で死亡、一方、彼女の方は、父も姉一家も無事だった。彼女たちは、親族への救援物資の荷作りに明け暮れた。

また、彼女はかつての恋人、青柳優が文芸評論家としてある程度名をなし、家庭も持って三人の子供もいたのだが、一九四四年に病気で死去したことを知った。

敵国外人の制約もなくなり、どこへでも旅行ができるようになり、陸軍省の占領軍のセクションから、アメリカの現状を日本に知らせたいから、思うように書いてほしいという要請を受け、原稿を書くようになり、四八年の夏まで続いた。このうち四六年の「国際婦人会議に出席して」は雑誌『世界』に掲載され、後に中学二年の国語教科書にも取り上げられたという。

この頃、彼女はパール・バックの創立した「東と西の会」の講演部に入っていた。この会議はエリノア・ルーズヴェルト夫人の提唱で開かれ、日本からは、彼女の自由学園時代の英語の教師、植村環氏が出席予定のところ来られなくて、パール・バックの推薦で彼女が日本代表として出席した。会場はニューヨークの北の山麓で、一二日間続き、中国、フィリピンからも来て、敗戦国の日本、ドイツ、イタリアは一緒にインタビューされることが多かったという。彼女はレポートを書かねばならず、寝るのは夜更けの二時になることもあった。

国際婦人会議にて

パール・バックとは深く知り合うようになり、自宅にも招待され、彼女の子供が知恵遅れであることも知った。
他に、栄太郎が二五年前から付き合っていたというアグネス・スメドレーとの個人的接触がかなり詳しく書かれている。綾子がもっとも影響を受け、尊敬もした女性である。彼女はアメリカ人で中国に長く滞在した報道記者であって『女一人大地を行く』を書いた中国専門家であり、晩年「中国のスパイ」として非難されるという悲劇の女性であり、イギリスで一九五〇年、五八歳で病死した。アグネスへの哀切の文章もあるのだが、彼女の事は長くなるのでここでは省きたい。

やがて、アメリカに反共の嵐が来てマッカーシズムが吹きあげ、一九五〇年、朝鮮戦争がはじまると、それはさらに激しくなった。この頃から、石垣夫婦は、日本への帰国を強く願うようになる。一度は帰国の手筈を整えたのだが、実際に実現したのは約一年後だった。その間に移民局から、彼女も呼び出され、行動、思想調査の審問を受け、五一年には、栄太郎も一時的に逮捕され、国外退去の通告を受ける。それで五月にニューヨークから列車でシカゴ経由、サンフランシスコに行き、船はロスアンジェルス経由で、六月に横浜港に着いた。貧乏で新婚旅行にも行かなかった夫婦にとって初めての長旅だったという記述がある。

実は、この期間、一九四六年一月一日から帰国した五一年六月一五日までの約五年半の日記『石垣綾子日記（上下）』（岩波書店、一九九六年）があり、彼女が亡くなる三年前に公開することを決意した。それを瞥見すると、彼女は日記を付ける習慣を持たなかったのだが、それを身に付けたのはアグネス・スメドレーとの交流であったと述べている。公開もする気も元来なかったのだが、何かの役に立つかもしれない、と公開に踏み切ったという。

元へ戻って、この本の最終章は「栄太郎の思い出と共に」となっている。彼らは生き残った栄太郎の母、五八歳で四二年ぶりで帰って来た息子を迎えた母との再会、そして甥夫婦の縁で半年、

散歩する姿
1952年

さる家で仮偶した後、三鷹台の雑木林の中に、一四五坪の敷地のバラックのボロ家を買い取って住み始める。日本で適合しにくい夫を尻目に、彼女はとりあえず、必死でアメリカ時代ってのあった毎日新聞社を訪れ、何でもやりますと仕事を求め、働き始めた。

彼女自身、当時はまだ、アメリカ帰りの触れこみがものを言った時代である、私は歯に衣を着せず、マッカーシズムによって蝕まれているアメリカの実情を告発した、と書いている。五五年、雑誌『婦人公論』に「主婦という第二職業論」を発表し、女の生き方として、サラリーマンの主婦たちは、唯の消費者になりさがって怠惰にふやけた心になっていまいか、自分の打ちこむ目標を持ったらとよびかけたものだが、予想もしない程反響を読んだ、という。その後も、幾多の雑誌に登場し、女性論を展開した。

一九五八年一月、彼女が自分よりはるかに大人であり頼りきっていたという夫、六四歳での栄太郎の死を挟んで、彼女は、ネットで見ると、亡くなる九六年まで実に四五冊の本を出版している。一方、それは裕福な家庭に育ち、才能に恵まれた人間の女性論に過ぎないとの批判も受けたという。私はどれも読んでいないが、たいした馬力である。彼女は、夫の死後、九年で夫の同僚であった三歳年上の画家と再婚もしたが、この本では失敗であったと言っている。何事にも自らを飾ることなく常に心情を吐露して生きた彼女は、激しく、逞しく九三歳まで生きた。

もう一人の女性、秋山ちえ子氏の著作で読んだものとしては、いずれも高齢になってからのものだが、『風の流れに添って　ラジオ生活五十七年』（講談社、二〇〇五年）と『種を蒔く日々　九十歳を生きる』（講談社、二〇〇八年）がある。前者は米寿になった時で、後者はその二年後である。前著で、最初に人間ドックを受け聖路加国際病院で結果を日野原先生と対話したことが二〇ページ余り書かれているが、健康状態はまずまず全体に良好である。なぜ似たような本を書いたかが、後著の冒頭に書かれている。一つには膝から下の部分に「しびれ」を感じだしたことと、自他ともにそのよさを認めていた記憶力に「にぶり」が出てきたことで、今心に残っていることをまとめておかなければと、少々「あせり」がでてきたと述べている。

40歳頃の収録中

彼女は、一九一七年生まれ、東京の小石川で育ち、東京女子高等師範（現お茶の水女子大）を卒業し、三年半の聾唖学校教師の時に、「放送研究会」のメンバーとして自作の童話をNHKラジオで放送したことがあった。彼女は、戦前は当時の典型的な「良妻賢母」の教育を受け、教師をやめて、その後結婚して、夫の任地、中国に四年滞在、出産もして、終戦の二年前に帰国した。戦後三年目に突如アメリカの教育局から呼び出しを受け、「会議の進め方」という対談形式の放送をするよう要請され、NHKラジオで一年間やり、その後、そのままNHKで『私の見たこと、聞いたこと』という列島を北海道から沖縄まで訪れる社会見学番組を週一回、結局昭和二四年から三一年まで七年間、計約三〇〇回担当した。これは、当時日本の女性は社会のことを知らな過ぎるということで、彼女はその代表として、自分は働いたと言っている。

彼女は、もし、日本に居続けていれば、放送でも「国威発揚」とか「愛国心」等の放送をやらされ、戦後にアメリカ軍からの話はなかったろう、と言う。全く世の中の流れはわからないものである。

NHKの番組では、周囲の日本の状況（総理大臣から浮浪者、売春婦まで）、また外国に行った時のさまざまなる経験を、当時はラジオを通して伝える、数少ない女性レポーターとして広く活躍した。その頃には女子は入ることのなかった青函トンネルの工事現場での写真が出ている。

トンネル工事現場

一九五五年一〇月から三ヶ月間、アメリカから女性として初めてグループで招待された。これはアメリカ政府が日本の民主化推進のために、五二年から毎年八八名の各界のリーダー格の人を招く事業を実行していたという。この人数は私にとって驚きだった。この時のメンバーは婦人問題でリーダーだった大浜英子氏、その頃『少年期』という著書が話題になった波多野勤子氏と彼女及び通訳女性の四人であった（実は、波多野氏は、私の妻の叔母で、妻は「勤子（いそこ）叔母ちゃんが秋山ちえ子さんたちとアメリカに行ったというのはよく覚えている」と言っている）。アメリカ旅行は、西部、東部、南部にわたるもので、各地でフルブライト資金で留学している日本人学生にも会い、電気洗濯機、電気冷蔵庫など、秋山氏はこのアメリカ訪問で得たものはたいへんな知的財産となっていると述べている。しかし、一方、別の箇所で、今では時効であるからと断りをいれて、帰国後の私を取り巻く環境は予想もしないものだったと書いている。他の二人は年齢も五十代だし、社会的に見ても一流の人、三九歳の私は「まだ五流の人」それがどうして「リーダー」に選ばれたかなど、ヒソヒソ話が放送局周辺を中心にして言われだしていたのだ。今の言葉で言えば「いじめ」だろうと。嫌な思いから解放されたくて、資料もすてたらしく、NHKの番組も二ヶ月でやめたという。

翌年からはTBSに移り、『昼の話題』やがて名前が『秋山ちえ子の談話室』となって四八年間の放送がスタートした。多くの著名人との会談経験が述べられている。河野一郎などの政治家、蝋山政道、正田健次郎、池田潔などの学者、串田孫一、川端康成、吉村昭などの文人、島田正吾、石井好子、石原裕次郎などの芸能人、大宅壮一、永六輔などのマスコミ人、中部謙吉、木川田一隆などの財界人など非常に多彩である。このような活動は、母親が八六歳の長命で、身近に助けをしてくれる人がいたのが、大きかったようで、自身も母への感謝の言葉を残している。

『河野一郎先生』付きの三年間」では、建設大臣であった先生から先生関連の雑誌、週刊誌、ラジオ、テレビのインタビューの大方を、私が担当するように先生から指令され、マスコミもそれに応じるという不思議なことになったという。どうしてこういうことになったのか、お聞きすることもできず、先生は六七歳で動脈瘤破裂で突然、別世界に旅立たれてしまわれた、という。

また、「『静』と『動』の人の交友―井深大・本田宗一郎」の節では、安定感のある井深さんと豪放磊落の本田さんがなぜあんなに仲が良いのか、本田さんの大好きな「カラオケ」「賑やかな酒席」は井深さんは大嫌い。井深さんの好きなクラシック音楽や別荘は、本田さんは大嫌い。共通の好きなものはゴルフだけだった。お二人の共通点は「発想の泉」の持ち主であることと実行力であると言いたい、と書いている。本田邸の人工の川で「鮎釣りの会」も楽しんだようだ。

河野一郎氏と（４５歳頃）

井深、本田両氏と

「大宅先生は大阪人」の節では、彼女が五一歳の時、彼が「秋山さんの今日あるのは美人でなくて十人並みであるからだ。女の嫉妬は恐ろしいからな」、「あんたは野球の選手だったらホームランはまったくなし。バッターボックスに立てば、いつもシングルヒットだけ打っている」と言ったそうだ。私はこういうことをサラリと書く彼女に気持ちの非常なる美しさを感じる。

その間に、彼女はいろいろの民間の委員会、あるいは調査会のメンバーにも選ばれている。それは彼女の良識、判断力および発信力が信頼されていたことを示していると思うが、いつも途中でやめたという。それは、女性が彼女一人であったからで、少なくとも三人は居ていいのではないかと進言したが、受け入れられなかった。これは「男女平等」が盛んに言われ、どの会でも一人だけ女性を入れておけば申し開きができるからのような感じで、彼女は女性の委員は飾りものだと思ったのでやめたという。今ではテレビでも複数の女性は、ワイドショーや座談会で当たり前であるが、彼女の働いていた時期はそういう時代だったのだ。

委員会で発言して、しばらくして気がついた事は、最後のまとめられる答申に彼女の意見はいつも無視されていることであった。ただ例外が二つあって、それは美濃部知事時代の教育委員会と、民間の東京電力情報懇談会であったという。

また、彼女は外国に取材に出掛けることも多く、実に八二ヶ国に行ったという。西欧だけでなく、ソ連、そして韓国、ビルマ、ブータンなどのアジア、アラブ首長国連邦、北イエーメンなどの中近東、アルゼンチン、チリなどの南米、南アフリカ、など、大変な数である。

それらの思い出が、数々の写真と共に載っている。また彼女の長年の秘書を務めてくれた女性の旅行記も載っている。こういうところに、周囲を非常に思いやることの多い彼女の優しさが溢れていると言えよう。

サウジアラビアの
砂漠で子供たちと

韓国３８度線
の板門店で

旧ユーゴスラビアで
倉本聰夫妻と共に

彼女は、基本的にインタビュアーであって、自らの独自の主張を押し出すことは、ほとんどない。しかし、その書きぶりは控えめながら、彼女の気持ち、意見が滲み出ている。これらの本には、彼女が仕事で知った多くの無名の人々の文章、当然彼女が選択したものであるが、まとめて載っている。例えば、「介護の体験を語る六人の女性」である。また、彼女が感銘を受けた女性達について書いたものがある。普通の主婦だが、「二人の女性のこと―工藤澄子さん・鳥畑スイ子さん」とか、「シネマ君との結婚式―高野悦子さん」（岩波映画で上映会を継続した著名人）などの記事がある。

著名人の「秋山ちえ子評」には、日銀総裁であった澄田智氏（彼女の小学校の同年生）が「秋山ちえ子さん意識」を、朝日新聞の天声人語の辰濃和男氏は「人間讃歌―秋山ちえ子の世界」を書き、「ふだん着の声」という言葉を連想するとか、「彼女は取り残された人々、障害を持つ人々の応援団長でありたいといつも言っている」と書いている。

NHKの放送が終わってからの、TBSの『秋山ちえ子の談話室』は平日の毎日一〇分間の話であったが、これは八八歳の十月四日、一二五一二回で終わりにした。実に最初のNHKから五七年間である。しかし、その後TBSで『秋山ちえ子の日曜談話室』（一人語り）を一年間、また二〇〇六年にNHKから『わくわくラジオ』に出て下さいと要請を受け、一ヶ月おきに出たという。周囲の人にとって非常なる好感度があったからであろう。

テレビ時代では、試験放送の時代から出るようになった。TBS『昼の話題』や日本テレビ『秋山ちえ子の談話室』などである。しかし、年末の『ゆく年くる年』で総合司会をしたことをいい思い出として、六八歳で一応出演をやめたという。それはラジオ放送のほうが自分の性格や好みにあっていると感じたからで、あまり目立たずに静かに生きることへの傾きが年と共に強くなっていることもあると思うと書いている。

彼女の文章に「輝いている思い出」という章がある。『ＪＯＳ』（ジョンソン、オクサマ、シセツの略）奥様使節のこと」は、一九六六年ジョンソン・ワックス社の社外重役になった時、彼女が提案して、子育て中の母親十人と現役の家庭科の教師五人を二週間、会社の本社のあるウィスコンシン州の首都に招待するプロジェクトであった。彼女はこれを十年間十回続けることを申し出て、会社はＯＫした。これが、六八年にスタートし七九年の記念旅行まで十一回行われた。今でも総会を開いたり機関紙を出したりしているとのこと。「われら人間コンサート」は、井深大、松山善三、永六輔、秋山ちえ子の四人が提案者で、世界からの障害者の音楽家を集め、（アジア、オセアニアなどから約二五人）日本の著名な音楽家も多数協力して、日本各地一〇ヶ所で行ったもの。「韓国『ベテスダ弦楽四重奏団』のこと」は、韓国の小児科医であった南（ナン）さんが、彼女を訪れ、彼女は大分県別府市で身体障害者の自立で整形外科医の中村裕博士を紹介したことから始まった支援で、やがて子供が成長して韓国の障害者で車いすの弦楽四重奏団が結成された話、『足長おじさん』のこと」は、サンリオ社長の辻信太郎との会話が発端で、視力障害の人たちをハワイに連れて行って海の底の呼びかけを聞こうという企画、高校生一八人と、五人の音大生、盲学校の音楽教師二人と秋山氏で、七九年の四泊六日の旅行に行ったことが書かれている。

旅費はすべて会社で負担され、それを知らなかったことに深く恥じいったとも書いている。

彼女は、別の箇所で、「自分は大きなことは出来ないが、種を蒔くことは出来る」と述べているが、このような行為が後に大きく育ったことが、とても嬉しいことだったのだろう。彼女は、とりわけ身障者など、弱い立場の人たちの手助けをしたいと、多くのことをしている。

彼女は息子二人、娘一人を育て、個人的な波乱は少なく、当時の数少ない、家庭を守りながらの職業婦人として、多くの福祉活動も行い、見事な社会的役割を果たしたと言えると思う。年とって、限りの見えて来た身には、特に仕事の目標を二筋に絞ることにしたと述べている。

９０歳頃の自宅での写真

それは、女性だけに、平和への思いは強く、第一は、国際間の争いを戦争で解決しないこと、その為には、日本は憲法第九条は守るべきであり、広島、長崎の被爆者の悲惨さを世界中の人に粘り強く知らせること、第二には、取り残される人のいない社会をつくること。心や体に障害を持つ人たちとその親御さんたちを助ける為の法律や施設作りを進めることだと述べている。
このように、彼女は、派手な存在にはなったけれども、いつもある種の慎ましさを保持して、人生を生きた女性だと思う。彼女は二〇一六年、九九歳で亡くなった。

常にプラス思考の日下公人氏の向日性

私は、物理学およびその応用の研究に人生の大部分の努力を傾注したことにより、社会の政治、経済などの動きに対しては、素人だからと自ら積極的に動こうと思ったことはない。しかし、我々の生活はこれらの動きに大きく左右されるから、常にその動向に興味を惹かれ、もし専門を文系の諸学問の中に選べば、間違いなく経済学を選んだであろうと書いたことがある。そして門外漢ながら、一度はその基礎を学ぼうと、年取ってからかなり真剣に勉強したこともある。しかし、それはアカデミックなマクロ経済学のほんの一部ではあった（注一）。一方、多くのその筋の評論には常に好奇心を刺激され、それ以前も以後も、多くの政治、経済、社会評論等を読んで来た。

日下公人氏

私が政治・経済評論家で最も好きな人は、日下公人氏（彼は私より一二歳年長の一九三〇年生まれ）である。彼の朗らかな論調は、この手の職業人のほとんどが社会批判から始まって世の中の流れを批判し、日本は駄目だ、ダメだと、暗いことばかり取り上げる傾向、これは本来の彼等の社会の改善を目指す動機から発する結果であり、ある意味で自然なのだが、それと異なり、ひときわ異彩をはなっている。

彼は世論を形成するのに影響力を持っているマスコミに対して強い不満を持っていて、以前、次のような意見を述べていた。一つは上記のように暗い情報ばかり流し暗い質問ばかりし、それが賢い質問だと思っている。何か事件があると、責任の追及に血道をあげる。大事なのは必要な対策なのにそれから逃げて原因探しの方に気持ちがいくのは、アイデアがない無能な人の常である、と厳しい適切な指摘をしていた。

彼は何よりも日本人に自信をもたせ、誇りをもたせることに情熱を傾ける。このことは私が読んだ彼のいくつかの本の題名を挙げて見るだけでわかる。私が既に自著『志気』でとりあげた『個性を以て貴しとす』（新潮文庫、一九九三年）、『どんどん変わる日本』（ＰＨＰソフトウェアグループ、一九九八年）、および『すぐに未来予測ができるようになる六二の法則』（ＰＨＰソフトウェアグループ、二〇〇二年）。これらの本は、どれも面白そうだったのですぐ購入して読んだ。

彼は常に広く読書をしていて、この最後の本では、エベレット・ロジャースの大衆の消費者心理として、イノベーター、アーリー・アダプター、アーリー・マジョリティー、レイト・マジョリティー、ラガード（laggard　遅滞採用者）の五つの分類が紹介され、非常なる新鮮味を覚えた。これは万事、人間の性格分類に敷衍されると思ったのである。自分は、社会の流れの追随さ加減は、まあ、アーリー・マジョリティーぐらいかなと思ったことがある。もっともこれは対象によるので、自然科学、世の万端の知識を追いかけるところは、アーリー・アダプター的であり、私はスマホなど便利さを追いかける道具にはあまり意欲をもたないので、これに関してはラガードであろう。ラガードの本来は古い時代の歴史愛好者などであろうが、それに専門的に熱中するほどの気持ちはない。

彼の話はあちらこちらに飛ぶので、短く大要を述べるのは無理なのだが、人生で大切なのは、ロジカルに考えることもさることながら、アナロジーで新しい発想をすることが重要だということのようだ。ともかく変化を恐れず積極的にそれに対応していこうというのである。

『発想の極意―人生八〇年の総括』（李白社、二〇一八年）では、副題が示す通り、彼の長い人生の概要が書かれているのだが、特に彼の自由な考え方が如何に醸成されたかを知るために、彼の育ち方とか若い時のいろいろな経験を、私なりに理解した範囲で書いてみよう。この本の出版時、彼は八七、八歳でベネッセの経営する老人施設に入っていて気ままな生活をしているようだ。

彼は香川県の高松で小学校時代を過ごしたのであるが、父は東京帝国大学法学部出の裁判官であり、母は奈良女子高等師範学校（奈良女子大の前身）でトップの成績だったそうだが、教育ママではなく、「学校ではノートをとる必要はなく、テストでは七〇点とればいい」と言っていたというのだから、普通でないやや変わった視点を持った母だったようだ。太平洋戦争で夫がマレーシアに赴任し、育児が大変になるので、三人いた子供たちを親戚に預け、昭和一八年に、日下氏は東京の全寮制の自由学園男子部（中学＋高校）に入ったという。私はこれを知って、彼のユニークな発想はこの学校で教育を受けたことに多少なりともよるのではないかと感じた。

あの学校は小学校の同級生でごく近所に住んでいた国澤（現姓、久保）厚子さんも卒業生だった。彼女は小柄ながら小学校卒業時は確か六年間の皆勤賞をとり、元気なしかも落ち着いた賢い雰囲気を持った女の子だった。戦後、夫の病死後、女一人で働きながら子供たち九人を育て上げた、とてつもなく立派なクリスチャンのお母さんに育てられ、彼女は下から二番目だった。進学校の一流都立高校にも合格したのだが、自由学園を選んだ。高校卒業後さらに二年間、大学部に通ったということである。

国澤厚子さん
小学校の卒業時

１９６１年　５人で
八ヶ岳登山の折り

１９９３年
小学校同期会で

ヴァイオリンの上手な、一時は名のある放送にも出るようなオーケストラのメンバーにもなっていた。非常にしっかりした頭のよい優秀な女性であり、たぶん私の知る限りの女性の中では性格的に最も堅実で安定感のある人と感じてきている。お互い世帯を持ってから会うことがなくなったが、電子メールを使いこなし、中年になっての同期会での話では、主婦業の合間、私の世代では珍しく自動車も運転し、買い物に出かけたり、ヴァイオリンを教えにも行っていたようである。長らく調布市に住んでいて、電話をすると、孫もいて、「アッコちゃん」は、私のことを今も「フミノリちゃん」と呼ぶ数少ない女性の幼な友達である。彼女が、やはりものの考え方がいかにも自由学園で育った感じである。生活上、何を任せても心配のない判断をしてくれそうな雰囲気の女性である。弟が私の弟と同級で二人は仲がよかった。

自由学園は私も二〇歳台に訪れたことがあるのだが、緑豊かな自然に恵まれた東久留米市南沢（現学園町）にあるユニークな学校である。キリスト教系であるが、日常の生活を重要視し、身近のさまざまな技術、芸術教育を行い、今は知らないが、独自の教育システムであるので、当時は文部省の規定には合わず高等部を卒業しても国公立大学には検定を受けなければ入学試験を受けることができない学校であった。Ｙｏｕｔｕｂｅの日下氏に対するインタビューによれば、彼の昭和一八年入学時には教科書はなく、先生が勝手に本を紹介しそれで授業を行ったというのである。もっとも、あの学校を出た人が皆彼のような、向日性、楽天性を持つわけもないから、彼の性格はやはり彼の持つ個人的なものが決定的であったのだろう。そこでは受験勉強はしないから、大学入試一年目は試験に落ちて、一年間、普通の高校へと関西の自宅の近所の灘高校を経て、東大に入学した。

しかし、彼は東大出ということで、特殊扱いするのは間違いだとして、東大の教育は否定し、そこは開発済みのアナリシス、論理でものを考えるので、創造性、直観力が失われてしまうと主張している。そして上記のインタビューでは、文部省は廃止すべきだと、一見過激なことを述べている。まあ、東大など国立大学は明治維新後欧米に追いつくために、世の色々な事に対する指導者を養成するべく作られた学校だから、私はそれなりの存在理由はあると思うが、調べて見ると、確かにアメリカ、イギリス、ドイツなどには教育基本法などはなく、教育省はあっても大学設立の許認可権を持つ文部省に相当するものはない。アメリカ、ドイツは教育は各州に委ねられている。もしかしたら、文部省検定教科書などというのは、自由主義諸国の中では日本特有かもしれない。維新前は各藩に藩校や寺子屋があり、それぞれ独自の教育システムがあったのに、維新後日本は教育を中央で統制するという制度になった。

彼は学生時代に、社会見学だと思い選挙運動を手伝ったり、議員事務所に出入りして、政治の世界を垣間見た。そこでの政治家の行動を見て「なんとバカげた種族であることよ」と感じたという。腕試しに国家公務員上級試験を受け、それにも合格したが、公務員になる気はなく、長期信用銀行に入ったのは、高給のわりあいにヒマそうであったからと書いてある。そして入行後、早い時期に経済企画庁に二年間出向して見聞を広めた。銀行に戻って四〇歳近くになって調査部の中に「社会ユニット」が作られ副長となり、そこで、「いろいろ新しい視点」、「思いがけない見方」ということを常に心がけ、アイデア創出、発想力をみがいたと述べている。特に強調するのはロジカルに考える「絞り思考」とは逆の「拡散思考」であり、仮説や「Ｉｆ」の考えを推し進めることであった。これだと未来に希望も開けて行くという。

一九七〇年、最初の著書『デベロッパー～住宅から都市産業へ』を出し、七八年に『新・文化産業論』が「サントリー学芸賞」を受賞してベストセラーにもなった。重工業などの基幹産業が中東戦争による第一次オイルショックで景気ドン底の時に、消費産業の重要性を指摘したもので

あった。（実際、その後もなお、八〇年から九〇年、経団連の会長は稲山嘉寛、斎藤英四郎氏と新日鉄会長が続いている）

この時、日下氏は重工業が過剰設備に苦しみ、人員整理を始めているのに対し、消費産業は設備投資や人員の大量採用を進めているのに着目した。彼はこれらを川上産業、川下産業と名付けたようだ。氏が言うには、この生活する喜びや生きがいの追求の萌芽は、戦後の「ドレメ・ブーム」だったという。大正時代からあった杉野芳子経営の「ドレスメーカー女学院」が戦後、品川に復活し、芦屋に「田中千代学園」、新宿に「文化服装学院」ができた。この、文化服装学院は私も家の近くであったので古い円形校舎とともに馴染みであり、年取ってから渋谷区の町会の役員などが招待される新年宴会で、その経営者の大沼淳氏が紹介され、作家の平岩弓枝氏とともに渋谷区名誉区民であることを知った。森英恵のことも述べられている。

そういう目で現在を見直すと、国民が好きなものは、マンガ、音楽、勉強、おけいこ、ゲーム、食事、アパレル、旅行、テレビなどが考えられ、それらは自然に輸出競争力を身に付けつつあると述べている。これらは「文化産業」とも言いかえられている。確かに現在の日本は、人々が豊かな生活になり、多くの消費文化を享楽しているのが事実だが、彼の着眼は早かった。

日下氏は山崎正和氏と異なり、学者ではないせいもあって緻密な考察をするというより、着想が大胆である。人が考えない角度から思いきったアイデアを出す。そして、彼は常に希望に向けて、かなり断定的に健筆を揮う、その論調に、時には目の覚める思いになることも多かった。

やや上から眼線という趣はあるが、これは彼が我々の知らないことをいろいろ教えてくれるので、それほど気にはならない。

八三年に長銀の取締役になり、八四年アメリカのウィルソン大統領記念研究所に半年間、出張する。この時期「アメリカは落ち目だ」と感じたという。帰国後、一〇月に社団法人「ソフト化経済センター」の専務理事になる。八九年には創立された多摩大学の教授として就任、一〇年間勤める。長銀は経営破綻した九八年まで（その後二〇〇〇年に新生銀行に改称）顧問を勤めている。その頃に東京財団の会長に着任し、二〇〇七年に日本財団の顧問となっている。

この間に、直観力に磨きをかけたと称している。例えば、多くの新聞が唱える国連重視というものも、やがて死語になるだろうとも言う。「改憲は絶対に許さない！」という「平和念仏教」は意味がないことは、プラトン学者の田中美知太郎先生によって昭和三三年にとっくに論破されています、として田中氏の言葉が書かれている。「平和というものは、我々が平和の歌を歌っていれば、それで守られるというものではない」と。

多摩大学では、「アカデミズムよりプラグマティズム」をテーマに掲げたという。アカデミズムが幅を利かせるようになると、大学のレッテルでものごとを判断しがちだ。本当の教養というのは、知識の量ではない。「ストーリー」を組み立てられるかどうかである。ストーリー力を磨いていくと、日本人の「情」と「意」が浮かび上がり、それに「知」が加われば、三拍子揃った日本人が生れて来ると。大学院では、先述のエベレット・ロジャースの消費者心理、分類なども教えたようである。

東京財団時代の活動については、『日下公人の発想力講座』(徳間書店、二〇〇二年)に詳しく書かれ、そこでの毎週一回の講演についての記述がある。それには、全てを相対化して考え、絶対的な結論を出そうと焦らないこと、学校即ち「スクール」の語源はギリシャ語で「スコーレ」で「暇つぶし」の意味で、大いに遊んでよいのだ、真理は一つだけではない、(自然)科学の普遍信仰は社会科学では失敗している、と述べられている。なにしろ、「土着」対「土着」、結婚も、文明も、異なる違いを面白がれば良い、既成知識にとらわれず、自分勝手に色々考えろ、今までは土地、資本、労働が生産要素だったが、二一世紀は好奇心や美的感覚といった要素が新しい産業を生み出していく。日本の強みはそこにあり、それが世界標準になっていくだろう、というのだから実に明るい。

これには、例えば、ヨーロッパがずっと一九世紀に印象派が現れるまで宗教画ばかり画いていたのに対し、日本はそれより数百年前の平安時代末期から鎌倉時代に既に「鳥獣戯画」があり、マンガ的な動物の絵が現れている。そういえば、私が思いだすには、江戸時代には、光悦、宗達に始まり、光琳に至る琳派があり、安藤広重の風景画「東海道五三次」の素晴らしい連作があり、浮世絵もかずかずある。西欧で庶民の姿を描いた画家に一六世紀にオランダのピーテル・ブリューゲル父子がいるが、彼等は神話の世界も描いていて、なかなか宗教とは離れることができていない。いずれにしても、日下氏は、日本人がもっともっと誇りに思っていいものを列挙している。

私が今までで特に彼の発言で忘れられないのは「日本は原爆を持つべきだ」という言葉である。これは、彼がいつごろからこのような考えになったのかは知らないが、私はこれを森永卓郎氏との対談『日本人を幸せにする経済学』（ビジネス社、二〇〇四年）で知った。この本は経済学の専門家である森永氏との対談であるから大部分経済の話なのだが、終章「日本が真に自立した国になるために」で、両者は対照的な主張をしている。森永氏の父は、東大出で新聞記者になった人だが、大戦中、特攻隊で人間魚雷に乗って訓練していて突撃を待たずに広島に原爆が落ちて生き延びたという。人間は武器を持てば必ず使いたくなると言い、権力者を信用していない。彼は絶対反戦平和主義で、それにより日本が敵に滅ぼされてもやむをえないと、いささか感傷的なことまで言っているのだが、日下氏は、直ちに「私の持論は『核兵器を持ったほうがいい』というものです。この言葉を使って、もっと世界に強い立場で臨むべきだ」と言っている。ここで、初めて告白するがと言って、彼の父がマレーシアで裁判所の所長として働き、戦犯になって戦後シンガポールでイギリスの裁判にかかり、六人のうち五人が処刑されたのに「日下所長の判決文にはおかしいところがない」という判決で生きて帰って来た、ということを述べている。

彼は、あくまでも、武器をコントロールすることは可能であり、日本は十分に原爆を作る技術と、それに必要なプルトニウムは十二分に溜まっている。最後に、「私は決して『平和主義者』にはなりません。私は『現実主義者』です」と主張している。この政治には軍事力の裏付けが絶対必要、日本も核武装するべきだということは、『アメリカ、中国、そして日本の経済はこうなる』（三橋貴明との共著、ワック、二〇一〇年）でも、再度述べている。

私も、彼の主張はよくわかる気がする。なぜなら、政治は力によって動かされるからで、いつまでもアメリカの核の傘や原子力潜水艦、海兵隊に守られ、戦闘機、迎撃ミサイルその他防衛のための武器をアメリカから高額で購入させられ、国際政治で、常にアメリカ追従というのが、いつまでも続くのでは真の独立国とは言えないだろうと思うからである。しかし、それにはまだ絶対反対の平和論に対する議論をはじめ、多くの議論を経る必要があり、多大なる困難があることは説明するまでもない。しかし、このように彼は常に現実主義の姿勢を保っている。

ここのところ数年間は一年に一冊または二冊である。『日本の将来はじつに明るい』（上念司との対談、ワック）を二〇一五年、『こうして二〇一六年、「日本の時代」が本格的に始まった！』（ワック）と『ようやく日本の世紀がやってきた』（ワック）を二〇一六年に、『ついに日本繁栄の時代がやってきた』（ワック）と『新しい日本人が日本と世界を変える』（ＰＨＰ研究所）を二〇一七年に、『絶対、世界が日本化する一五の理由』を二〇一八年に、『世界は沈没し日本は躍動する』（ビジネス社）を二〇二〇年に出している。これらは彼も八五歳を過ぎて、いささか急がねばと、もうなにか躁病状態になったかのように、日本、日本と言いまくっている。『日本発の世界常識革命を』（ワック、二〇二〇年）は彼が九〇歳の出版である。ただ、この本を読むと、かなり何が言いたいのか、良くわからない雑駁な文章で、ついには彼もやや衰えたなという感じではあった。

しかし、彼の、常に明るく、前向きにという精神は大いに学ぶところが多いと思っている。

注一　自著『気力のつづく限り』内、「経済学の自己流探索（自由経済と福祉社会）」で、アダム・スミスの『国富論』、ジョン・メイナード・ケインズの『雇用、利子、貨幣の一般理論』、ミルトン・フリードマンの『資本主義と自由』とそれぞれの代表的著作を一冊ずつ読んだ経験を書いた。ケインズの本は非常に難解であったので、それの解説書であるアルヴィン・ハンセンおよび伊東光晴の解説書も読んだ。しかし、かなり根をつめた勉強をした後、自分は、経済学を専門にするのには向いてなかったとも感じた。それは、経済学には、人々の生活の向上へという動機は多とするも、物理学や数学などの自然科学、あるいは芸術に感じられる美的要素がほとんど感じられなかったからである。また、自分個人は、富裕になろうというような興味が全くなく、ケインズのような株に手をだすような意欲、趣味もなかったからである。

また「日本経済の行方」で、日下氏の本『アメリカ、中国、そして日本の経済はこうなる』（三橋貴明との共著、ワック、二〇一〇年）を取り上げた。

第三章　文学、芸術の世界

中谷宇吉郎の随筆

私は寺田寅彦（一八七八年―一九三五年）については、何回か書いている。彼は物理学者としても一流、ラウエ斑点の研究で学士院恩賜賞を授与され、幾多の名随筆を書いた文理両道の達人であった。彼の随筆については『寺田寅彦随筆集　第一巻〜第五巻』（小宮豊隆編、岩波文庫、一九四七〜四八年）をすべて読み、その感想を記した（注一および注二）。彼は確かに凄い人だと思った。そして、彼の書いた随筆は、自分の文章を書く時の、一つの目標にもしてきた。もっとも、素質の違いか、結果としては随分異なるセンスのものとなってしまったのではあるが。

彼の性質を一番受け継いだのは、雪の研究で有名な中谷宇吉郎だと言われている。私は彼の本は読んだことがなかったので、この度『中谷宇吉郎随筆集』（樋口敬二編、岩波文庫、一九八八年）を読んでみた。中谷氏は、見ると、一九〇〇年（明治三三年）、石川県の南部、福井県に近い片山津の大きな呉服雑貨店の長男として生れ育ち、第四高等学校（金沢大学の前身）から東京帝国大学理学部物理学科卒、学部時代も寺田教授の授業を受けていたが、理化学研究所に移り、そこでも研究室を持っていた寺田氏の助手を三年勤めた。イギリスに留学後、昭和五年、北海道大学理学部創設にあたり三〇歳で助教授として赴任し、二年後教授になっている。私がなじみの物理学者、菊池正士氏より二歳、朝永振一郎氏より六歳年上になる。

以後、一九六二年、六二歳で亡くなるまで、ずっと、雪の研究、氷の結晶などの研究を続けたという。特に世界で初めて人工雪の形成に成功し、学士院賞を受賞している。一方、大学時代にすでに『理学部会誌』に文章を載せていた彼は、北大に在職して六年後一時病気になって療養生活を送らざるを得なくなった時を契機として、本格的に随筆を書き始めた。それから二五年の間に、一二冊の随筆集を出版したという。私が読んだものは、そこからの抜粋編であった。

中谷宇吉郎氏

編者の樋口敬二氏は、ネットで調べると、北大での中谷門下であり、中谷氏と同じような氷雪の研究を行い、北大理学部の助教授から、その後名古屋大学教授となっている。彼の解説によると、中谷氏の著作は『中谷宇吉郎随筆選集　全三巻』（朝日新聞社、一九六六年）にまとめられているが、ここでは、文庫本一冊にするための選択が難しかったと書いている。

この本は四つのジャンルに分けられて、Ⅰ、雪の研究関連で三編、霜柱で一編、Ⅱ、自伝的なもの、自らの経験での種々の感想で二〇編、Ⅲ、寺田寅彦に関することで七編、Ⅳ、科学的考えおよび教育について九編となっている。

Ⅰは、まず一「雪の十勝」で、初めは慰み半分に手をつけて見た雪の研究も、段々深入りして、十勝岳にはもう五回も出かけて行ったことになる、という言葉で始められている。十勝岳の中腹にある小屋（標高約千百メートル）で、雪の顕微鏡写真を撮る苦労を書いている。研究室の連中を連れて、撮影装置、現像その他の道具、食料その他を三、四台の馬橇にのせて五時間の雪道を昇る。約一〇日間の滞在。平均マイナス一五度くらいの場所で、この温度だと雪の結晶が解ける心配もなく、さまざまなる形の結晶（六花状、樹枝状、角錐状、鼓型など）が観測され、撮影をすることができた。小屋の持ち主の番人の老人夫妻と語らいながらの日を送る楽しみも書かれている。

二の「雪を作る話」は、研究室で雪を作る話で、人工的に作られたマイナス三〇度の低温室で雪の結晶を作り、これまた顕微鏡で美しい雪の結晶を覗こうという試みである。ところがどうやって雪を降らせるかが問題であって、種々試みるがなかなかうまくゆかない。銅板の円筒を冷やして上から水蒸気を吹き込む、その水蒸気を暖めてみる。これでは板にへばり付く霜のようなものになってしまう。こんなことで二年間は過ぎてしまったという。三年目に冷たい銅版を上に置いて、下で水を入れた器を置いて対流と自然蒸発を待っていたら銅板で凝結したところから白い粉が降り出した。自然と似た試みで初めて雪ができたのである。四年目には、温度を加減していろいろな形の雪の結晶が得られたという。

三、「雪雑記」は、一と二を通しての経験を別の角度から書いている。十勝岳での体験は年に二、三回だったが、その内健康状態が思わしくなくなり自然中止となった。それで二の大学の低温室での研究に移ったのであるが、ここでは、雪の結晶を側面から見た写真の撮影をした話がでている。ちょっとした工夫で沢山の側面写真を発表したら、暫くして万国雪協議会英国部会長から手紙が来てどうやってこの写真を撮ったのかという質問の手紙が来て、その工夫を教えたという。世界にも雪の結晶の研究をしている人たちがいたということである。これには、最後に「寒い日にあって散々苦労をして、こんな雪の研究なんかをしても、さてそれが一体何かの役に立つのかといわれれば、本当のところはまだ自分にも何ら確信はない。しかし面白いことは随分面白いと自分では思っている。世の中には面白くさえもないものも沢山あるのだから、こんな研究も一つ位あっても良いだろうと自ら慰めている次弟である」と文を終えている。

四は、自分の研究ではなくて、自由学園の女性生徒たちの「霜柱の研究」について、その内容と、なかなか立派な研究であるという感想が述べられている。一番重要なことは純粋な興味を持つということである、と強調している。

これらは、四が出版年が不明とあるが、一～三は皆昭和一〇年～一二年の文章であった。この文章をやや詳しく取り上げたのにはわけがある。私は、彼の研究は、寺田流の身の回りの美的でもある現象に素朴に興味を持ち、それに打ち込んで物理学者としての生涯を送ることが出来た、ある意味で幸福な最後の世代の姿と思うからである。数年後に外国に行った藤岡由夫、菊池正士、朝永振一郎氏などは、西欧の近代科学の息吹に触れ、量子力学の勃興期の凄まじい発展に或る意味で驚嘆した経験から、彼らの研究を始めたのであった。彼らの外国での生活、帰国後の理化学研究所の仁科芳雄研究室での様子は、自著『折々の断章』内、「偉い先生も若い時は」で記述した（注三）。世界での競争は激しい。

そして、さらに現代は、物理学だけでなく、すべての科学研究が世界中のそれぞれの分野で何千人という先端研究者のさらに激しい競争の中で、またものによっては数百人の共同研究、数百億円の予算を投じて遂行されているという時代になっているのである。

次のジャンル、IIにある二〇編は、研究から離れた、さまざまの経験、時に遭遇した事柄に対する感想が述べられている随筆である。いくつか印象的なものを記してみよう。

子供の頃、読んだ本で一番思い出深いものとして『西遊記』の夢」が書かれている。彼は町の小学校に入るために一年の時から大聖寺町（現在の加賀市）の旧士族の家に預けられていた。その主人は九谷焼の絵付けをしている人だった（それに関して「九谷焼」という文がある。九谷は、大聖寺町から山の方に行くと山中温泉があるが、そこからさらに六、七里山奥に行った僻地で、良質の土を産するので九谷焼の材料となっているとのこと）。彼はそこの家で大人向きの帝国文庫の難しい本を読んだらしい。面白さは無類であったという。彼は三蔵法師の旅の物語に心を奪われた。中学・高校に進んですっかりそのような世界から離れ、物理学を専攻するようになったが、数年前にスタインの『中央アジア踏査記』を読むに至って、この『西遊記』が忽然と甦ってきた、ということで、この文は大戦中の昭和一八年に書かれている。

私はオーレル・スタイン（イギリスに帰化したハンガリー人）を知らなかったのだが、一九〇〇年から一六年までに三回タクラマカン砂漠の荒野でシルクロードの発掘の仕事を続けたとある。

ここには、中谷氏の少年時代の、『西遊記』を読んだ時の空想または想像と、スタインの記述の詳細がいろいろ書いてあるのだが、私が心を留めたのは、それらの後の中谷氏の次の文章である。

「うちの子供たちも本に夢中になっているが、覗いてみると、今昔の感にたえないくらい子供向きの良い本が沢山出ているようである。しかしああいう良い本ばかりでは少し可哀そうな気がしないでもない。少しひねくれたような言い方になるかもしれないが、子供にもよく分って面白くて為になるような本ばかり読んで育ったならば、本当の意味で自然に驚嘆する鋭い喜びを知らなくなる虞（おそ）れがなくもない。……地球の内部が火の玉であると言うと、それを問題にするのは、少数の科学者だけである。おそらく殆んどすべての子供たちは、そんなことは分かり切っているさ、と答えるであろう。その答えは二重の意味で考える必要がある。第一は、分かり切ってると思いこんでいる点であり、第二はもっと大切なことであるが、それにあまり驚かないことである。……『西遊記』教育のようなものが、案外有効なのかもしれないが、ちょっと危険な方法なので、誰にもすすめるというわけには行かない。しかし麦は一度踏まねば発育が悪いということは、一応知っておいてよいことである。」

この文章は、控えめながら、私は非常に要を衝いた自然科学への教育論になっていると思った。何でも知識を詰め込むのは、かえって創造の芽を摘むということは事実であろう。これは次の「簪を挿した姫」でも、話のきっかけは別なのだが、同じような主張がなされている。曰く「栄養物ばかり食べさせておくと、芯が弱くなる虞れがありはしないかという気がする」と。

弟の治宇二郎氏に関係した三つの文がある。彼は東京帝国大学を出た考古学者で縄文時代の研究をしていた。パリに行ったが結核で帰国、伯父の居る大分の由布院温泉で療養したが三四歳で早世している。三つは「一人の無名作家」、『日本石器時代提要』のこと」、そして「茶碗の曲線」である。弟は大学の人類学教室で土器の研究をしていて、その科学的な分類のために、土器の外形の輪郭の曲線を分析するというようなことをしていたようである。もっとも宇吉郎は、茶碗の味を愛惜する心は科学と無縁の話としておいた方がよいように思われると述べている。

「流言蜚語」では彼が終戦直後に経験した世間の動きを述べている。昭和二〇年八月二四日の真夜中、北海道から当分出ないという最後の連絡船に乗って東京へ向かった。船は樺太からの引揚者で一杯だった。それにも増して東北線では一昼夜揉み潰されて、やっと東京に着いた。出発前に東京は大混乱という噂があったのだが、意外にも全く平穏であった。帰りは丁度一緒に帰ろうという人がいたので、その人は上野駅で切符を買おうとして出かけた。その人が帰って言うには、青森で七千人溜まっているので、切符を売ってくれなかったという。中谷氏は往復切符を持っていたので一人で先に出発して青森に来てみたら、一人の積み残しもなく、全部船に乗れたという。

これは関東大震災と同じことで、あの頃中谷氏は上野で焼け出され、本郷の友人の家へ逃げたのである。あの時は不逞鮮人事件（朝鮮人が暴動を起こしたという噂）が起こり、これも全く根も葉もない流言であった。実は終戦の翌日、八月一六日の夜中、けたたましい電話で起こされた。

それは「小樽へソ連兵が二万上陸したから、戦時研究関係の書類をすぐに焼却しろ」との話である。彼は小樽の埠頭設備で二万の上陸は何日もかかるだろうと考え、布団に戻ったのだが、一時間ばかりしてまた電話がかかってきて「今のはデマだったそうだから」という話でけりがついた。

彼は、日本の復興のためには流言蜚語の洪水を防ぎ止める必要があると言っている。

「原子爆弾雑話」では、盧溝橋事件が起こった昭和一二年に彼が書いた文章が載っている。火薬、爆薬の強力さを述べた後、「勿論爆薬の方が火薬よりもずっと猛威を逞（たくまし）ぅする。この順序で行けば、次にこれらと比較にならぬくらいの恐ろしい勢力の源は、原子内に求めることになるであろう。原子の蔵する勢力は殆んど全部原子核の中にあって、最近の物理学は原子核崩壊の研究にその主流が向いている。原子核内の勢力が兵器に利用される日が来ない方が人類のためには望ましいのであるが、もし或る一国でそれが実現されたら、それこそ弓と鉄砲どころの騒ぎではなくなるであろう。そういう意味で、現代物理学の最尖端を行く原子論方面の研究は、国防に関連ある研究所でも一応の関心を持っていて良いであろう。」

この時期、核分裂などは知られてなかったが、私はこの文章を読んで、中谷氏は、自分の専門ではないにも拘わらず、物理の基本的な部分は明確に理解していた、と舌を巻く思いがした。

「面白み」、書き出しは料理のことなのだが、料理には甘すぎもしない、塩ッ辛くもない、酸っぱさも丁度よい、何一つ欠点はないが唯美味くはない、という料理だってあり得る。そういう料理が、一番始末に負えない。そして、彼は言う。人間にも、学業は優秀、品行は方正、身体は強健、人付き合いは満点、何一つ欠点のない男で、唯面白くはない、という人もいる。欠点がないだけに、非難のしようもないので大いに困るが、どうもそういう人とは、本当の友人にはなれそうもない、と。日本では、勤勉とか、正直とか、孝行とかいうものは美徳に入るが「面白い」ことは美徳に入っていない。英国などでは、ユーモアと云うものは美徳に考えられている。と述べている。私もそういう意味で「面白み」のない人はたしかに居ると思う。ただ、最近の日本では、ジョーク連発のいわゆる「お笑い芸人」はテレビ界のヒーローになっているので、国民の意識も随分変わってきている。ただジョークとユーモアの違いは相手に対する思いやりがあるかないかであると、上智大学のデーケン先生は述べていた（注四）。

中谷氏は、庶民的な料理を、お酒とともに楽しんだグルメであったようだ。「かぶらずし」、「おにぎりの味」、「貝鍋の歌」、「サラダの謎」のような味わいのある文章がある。

Ⅲは、師であった寺田寅彦の思い出話である。中谷氏が理化学研究所で助手だった三年間の「指導者としての寺田先生」、学生時代の寺田研究室の様子が「寺田先生の追憶」に書かれている。理化学研究所では中谷氏は寺田氏の火花放電の研究の手伝いをしていた。それも火花の稲妻の飛形に統計的法則があるらしいので、それを探るということだったらしい。千枚以上の写真を撮って空間での火花の屈曲の分析をする。やがて寺田氏はさらに進めて、目に見える光線以外の紫外線の発生による部分というのも対象としたという。

一方、寺田氏の学生への指導はどうかというと、彼は大学院生一人と学部学生三人を相手として別々のテーマを与え（霜柱の研究、地球磁気の原因を探るための熱電気の研究、水素爆発の研究）、一つの実験室でそれぞれの学生たちはそれの道具を揃えることから、活動を始めた。寺田氏は一日に一回、午後にぶらりとやってきては、悠々とタバコをふかしながら学生たちと議論を交して、注意を与えたり、その研究の進行を指導したり、また雑談もしたりして帰って行く、といった風だったらしい。中谷氏は大学院に残った上級生の水素爆発の研究を手伝った。これは飛行船の爆発事故を契機とした研究で、これのあらまし（ガラス管での水素と酸素の混合気体に点火するなど）や、丁度その頃、ある航空船が飛行中、上空で爆破し、乗組員は全員死亡、その査問委員に寺田氏がなり、ある日、今の研究を一旦中止し、この研究をするよう指示され、上級生と二人、熱に浮かされて必死で頑張り、無線通信の際に出る火花が原因であることを突き止めたという。これを委員会の人たちを研究室に呼んで実際に実験をやってみせた。この事件は中谷氏に研究の面白みを十分に味あわせてくれたと述べている。そしてまた後年、北海道の炭鉱でメタンガスの爆発で、中谷氏が研究協力をしたことなどが書かれている。

寺田氏自身の随筆には、このような学生を指導する姿は全く書かれていなかったと思うので、非常に現実感を持って、彼の姿が目に浮かんで興味深かった。この間の寺田氏の言葉「ねえ君、不思議だとは思いませんか」とか「若い連中を教育するには気を長く持たんといかん」とか、「相手の身にもなって考えなくちゃ」などという言葉が中谷氏には印象的だったようだ。それらの温かい気持ちの言葉の数々を思い出すたびに、涙が出て来るというほど、中谷氏は寺田先生を慕っていた。

『茶碗の湯』のことなど」は、鈴木三重吉の『赤い鳥』に書かれた寺田氏の随筆について、書いている。茶碗から出る湯気を見て、その形、反射する色などから、物理的原理を考察する寺田氏の様子である。「寺田先生と銀座」は、「銀座に行きませんか」という言葉に誘われて、学生たちがついていき、はじめてメロンを食べた時の様子がユーモラスに書かれている。

「天災は忘れた頃来る」は、有名なこの言葉が、寺田氏のどの本にも出ていないという事実を書いている。そのこと自体、私も知っていたが、彼の「天災と国防」という随筆に、これと全く同じことが、少し違った表現で出ている、とのことである。

「線香の火」は、卒業して、地方などに赴任する学生に対して、いつも寺田先生が言う言葉が「研究だけは続けなさい。地方では設備も少ない。研究費も少ないだろう。しかし、その気さえあれば、研究はできるものですよ。一度線香の火を消したら駄目ですよ」という言葉だった、ということが述べてある。

Ⅳには、科学を普及させるための諸論が並べられている。「科学と文化」、「語呂の論理」「地球の円い話」、「千里眼その他」、「立春の卵」等である。このうち私が懐かしく感じたのは、『北越雪譜』（岩波文庫）を書いた江戸時代後期の人、鈴木牧之（ぼくし）の名であった。かつて私が放医研に居た時、研究部の旅行で新潟に出かけたことがあった。それは幹事の青年が長岡技術大学卒でその時彼の案内で「鈴木牧之記念館」を訪れたからである。

また「地球の円い話」は、鉛筆で書いた直径六センチメートルの円が、地球が楕円体であるにも拘らず、その楕円体の程度はこの円の線の程度に含まれるとか、地球の凹凸もすべてこの円の鉛筆の幅の中に含まれるということであった。これは鉛筆の普通の線の幅を考え、具体的に地球の直径と山岳の高さを比例計算すれば直ちにわかるという指摘で気がつかないことであった。

「千里眼その他」は透視とか念写とかの能力を有するという人を試した実験の話で、結果、これらはインチキであったということが述べられている。これらは明治以降に現れたのだが、いずれも女性であった。どうも西洋でも、こういう能力は魔女であって、男はまず出てこないのは不思議な気がする。

「立春の卵」は、立春には卵を立てることが出来るという中国の古書から発見したことにからんだことを書いている。それは昭和二二年、上海で大問題になり、我も我もと人々が買い求め、卵一個五〇元のものが、一躍六百元になったという。中谷氏も興味を懐き試してみた。結果、卵はいつでも立ったそうである。この話を聞いて私も数分試したが成功しなかった。しかし、中谷氏は一〇～一五分で成功したというから、もっと粘れば良いのかもしれない。彼はこの原理を卵の重心を通る線が机と卵の面の接触面積の中を通るようにすればよいと数値的に説明している。何でも厳密に定量的に行えばよいのだが、「地球の円い話」と同様に、人々は面倒くさい計算のようなことは避け結果だけを求めるということが極めて多いことが示されている。

「淡窓先生の教育」、「島津斉彬公」は、幕末の話で、私は廣瀬淡窓の名は知らなかったので、調べて見ると、豊後日田の儒学者、漢詩人であった教育者で、彼の塾には全国から延べ四千人の生徒が集まったという。中谷氏の広い興味の程がよくわかる短文であった。

「科学映画の一考察」と「テレビの科学番組」は、メディアによる教育論であった。科学映画には「博物もの」と「理化もの」があり、前者は映像で十分であるが、後者は説明が必要でいろいろ工夫しているが、むしろわからせるように苦労するより、実験室などの映像で「何か難しいことをやっているようだ」という雰囲気を伝えることのほうがよいのではないか、という提言が書かれている。これは、科学に対する憧れを若い人、子供に感じさせることが科学にとって重要だということで、『西遊記』の夢」で書かれた趣旨と類似のことかなと思った。


以上、非常に偏頗（へんぱ）な取り扱いで、中谷氏の随筆をとりあげた。私は、彼が、専門的には非常に特殊な、いわば趣味的な「雪」の研究で有名になった学者だが、世の事をいろいろ考える豊かな人間性で、親しみを感じさせる人だなあ、と思った。

注一　自著『折々の断章』内、「自然科学の発生と、日本での非発生」

注二　自著『いつまでも青春』内、「寺田寅彦論」

注三　三人とも理化学研究所に在籍して、藤岡由夫氏はラマン散乱、菊池正士氏は電子線解析、後にサイクロトロンの研究、朝永氏は量子電磁力学の理論で、それぞれ在職中にヨーロッパに留学している。

注四　自著『いつまでも青春』内、「アルフォンス・デーケン氏」

年取ってからの著作

最近、本を眺めていても、若い人の人生論などなかなか読む気がしない。自分より人生経験の一〇年から二〇年も若い人が書くようなものは、私にとって、たいがい既に経験したり、一度は考えたことのある様な事柄が多いからである。世の中には教育好きの人は非常に多く、この手の本は多数あるが、自分の成功、失敗談を述べ、より若い人に教訓を垂れようとするその意欲は結構なのだが、先の短い私にとっては、もはや刺激的でもなく役にも立たない。この間、図書館で書棚を見ていたらなんと『一〇一歳の習慣　いつまでも健やかでいたいあなたに、覚えておいてほしいこと』（飛鳥新社、二〇一八年）という本があったので、早速借りて来た。

著者を見てみると、当年一〇一歳の女医、高橋幸枝さんの著作である。こんなに年とってからの著作というのは、実に珍しい。

一体、世の中に、私もその歳を通過している八〇歳以上になって書かれた本がどれほどあるだろうかと、記憶を辿ってみた。私が中途半端にしか読んでいないのだが、古典と言われるものは、佐藤一斎の『言志四録』のうち一番最後の『言志耋録（てつろく）』がある。これは八〇歳から八二歳までに書いたと言われるものである。また貝原益軒が有名な『養生訓』を出版したのが八三歳の時だというし、八四歳の時、今までの考えを捨てて『大疑録』を書いたと言われている。もっとも後者は私は読んでいない。

学者で凄まじい人は、国語学者の諸橋轍次氏である。大漢和辞典一三巻を三五年かけて完成したのが七八歳の時で、さらに増補版の必要を感じその作業を弟子と共に続けた。九九歳の死の一ヶ月前、その縮小版『広漢和辞典』が刊行されたという。これに次ぐのが、鈴木大拙氏で、九〇歳で『教行信証』の英訳を開始し、九五歳で完成したとのことである。

現代では何と言っても一〇五歳まで生きられた聖路加病院の日野原重明先生の本がある。九〇歳の時の『生き方上手』、九二歳の時の『一〇〇歳になるための一〇〇の方法』その他、何冊かの本を私は読んでいる。先生の人生は、よど号ハイジャック事件に乗り合わせたという経験とともに、劇的に変わり、その後も、いつも自宅からはお迎えの自動車に乗りその間著作に励むという生活だったらしいが、病院のビルではエスカレーター、エレベーターにはけっして乗らず、高階の院長室まで階段を歩いて上り降りしたという日常での厳しい習慣で、高齢まで活躍された。

日野原重明氏

伝記作家の小島直記氏は、七三歳から七九歳まで、随想の集積である『一燈を提げた男たち』を書いて、亡くなった時が八九歳、また哲学者の谷川徹三氏の対談集『九十にして惑う』がある。彼は九四歳まで生きた。また白寿まで生きた作家の野上弥生子氏は八六歳で未完の長編『森』の連載を開始している。仏教の僧侶として港区の臨済宗・龍源寺住職として一〇二歳まで生きられた松原泰道師は、九〇歳代で一〇冊以上の本を出された。例えば『百歳で説く「般若心経」』である。私も九九歳の時出版されている『きょうの杖言葉　一日一言』を読んだことがある（注一）。

また、太平洋戦争時、日本陸軍の大本営参謀を務め、戦後、停戦交渉のためソ連に行ってそのまま抑留されてシベリア生活一一年の苛烈な経験をした瀬島龍三氏は、八三歳の時に自伝『幾山河　瀬島龍三回想録』（産経新聞ニュースサービス、一九九五年）を出版している。また九一歳の時にフジテレビのインタビュー番組に数回出演し、それをまとめた『日本の証言』（フジテレビ出版、二〇〇三年）がある。彼は、昭和二一年に帰国し、その後、伊藤忠商事に勤め、関西のそれまで繊維を主体とした流通会社を脱皮させ重工業製品を含む総合商事会社に発展させるのに功があった。昭和五三年に伊藤忠の会長になっている。

さらに、彼は請われて、日本商工会議所の顧問、臨時行政調査会の委員、第一次行政改革推進審議会の委員、第二次では会長代理として、土光敏夫氏を身近に支えるというように、日本全体の機構・体制改革に大きな役割を果たした（注二）。常に組織全体を視野におき、活動のあり方を総合的に判断するという、非常に稀に見る見識を持っていた人だと思う。

瀬島龍三氏の著作

評論家、随筆家の吉沢久子氏が『95歳　今日をたのしく。前向きに』（海竜社、二〇一三年）

を出している。氏は九〇歳から毎年、九〇歳、九一歳と書いてこれが六冊目である。夫、文芸評論家の一〇歳年上の古谷綱武氏を六〇歳代の半ばでなくし子供が居なくて、一人身でゆったりと家事を中心に過ごすさまが書かれている。二〇一九年、一〇一歳で亡くなっている。美術家の篠田桃紅氏が一〇一歳の時に出版された『百歳の力』があるが、これはインタビュアーに対する会話的文章であり、著作といったものではないと知れた。氏は二〇二一年に一〇七歳で亡くなっている。

　私が、柔軟で賢い、なかなかの人だなあと思っていた女性作家に田辺聖子氏がいる。彼女は、文化勲章を授与されて数年後、二〇一九年、九一歳で亡くなっているが、長編・短編小説、随筆、古典解説（『古事記』、『源氏物語』、『東海道中膝栗毛』等）など、非常に幅広く、八〇歳台半ばまで、執筆意欲が衰えなかった。私は、妻がこの歳になって、渋谷区の社会教育館で無料の連続講義の「古今和歌集」を聞きに行っていて、彼女が実年に近くなって購入した『田辺聖子の小倉百人一首』（角川書店、一九八六年）を熱心に読んでいるので、私もついでに読んだのだが、田辺氏の研究は非常に詳細を極め、歌い手のこと、その人の関連するその他の歌集に幾多ある歌にも触れていてまことに立派なものだった。それを彼女独特の軽快なユーモラスな文章で、綴っている。彼女は大阪の淀川下流、福島区にある大所帯の写真館の娘に一九二八年に生れ、戦中は東部にある河内小阪駅に近い樟蔭女子専門学校に通い、伊丹市にある軍需工場で働かされ

田辺聖子氏

ていてその寮に住んでいた。その頃にひたすら将来文学の道に進もうと、必死になっていた思いの日記が、たまたま、図書館でスクラップされた雑誌『文藝春秋』、二〇二一年七月号に「田辺聖子　十八歳の日の記録」として出ていた。これは、彼女の死後、姪の田辺美奈氏たちによって発見されたものであり、昭和二〇年四月一日〜二二年三月、八四ページに亘る。表題に「学徒動員、空襲罹災、父病臥、母、買い出しの日々」と聖子氏自身の字で書かれていたとのこと。私はこの日記を読んで非常に感動した。特に、大阪大空襲後、学校から電車、鶴橋から友達と数時間歩いて全焼した実家を認めて母や妹と会った時とか、軍国少女であった彼女の日本への必死の想いに打たれた（その後、これは、二〇二一年に文芸春秋社から単行本となって出版されている）。

私は、中年頃に、彼女の短編小説の集積『ほとけの心は妻ごころ』、長編『中年ちゃらんぽらん』や随筆『いっしょにお茶を』、『女の長風呂』、『ああカモカのおっちゃん』等、気分転換的にかなり読んだ記憶がある。自らの子供は居なかったが、再婚の旦那の連れ子を四人育て、阿波踊りのカモカ連参加など、いかにも浪速流、私はそれはたわいないとも思うが、随筆を読むと、非常に知的であって、それでいて思いやり深く、女性には珍しく自分を戯画化するユーモアを持ち、できるだけ楽しく生きようと心掛け、実行した。こんな女性はめったに居ない。

また外国で調べて見ると、サマーセット・モームは『サミング・アップ（要約すると）』を書いたのが、六四歳、この時自分の人生をまとめたつもりだったに違いないが、彼は長生きして、七〇歳で『剃刀の刃』を出版、八六歳で死後発表予定の自伝を完成し、九一歳で亡くなった。バートランド・ラッセルが『Why I Am Not A Christian and Other Essays on Religion and Related Subjects』（邦訳、『宗教は必要か』）を八五歳で書いていて、その後『The Autobiography of Bertrand Russell』（邦訳『ラッセル自叙伝』）を三巻書いていて、最終出版時はなんと九六歳の時である。彼は翌年に死去している（注三）。

これらは既に亡くなられた人々であるが、現在生きている人ではどうだろうか。まず私が深く尊敬している物理学者、武田暁先生がいる。先生は一九二四年生まれ、元来素粒子物理学の専門家であったが、後年脳科学に移り、驚くべきことに八〇歳になって『脳は物理学をいかに創るのか』という非常にアカデミックな学問的著作をものにされている（注四）。

佐渡敏彦先生

そしてより身近であった放医研の科学研究官（副所長）であった佐渡敏彦先生は、一九三三年生まれで、これも非常に学問的な著作『放射線と免疫・ストレス・がん』という実に五三〇ページの本を、八二歳頃に出版されている。佐渡先生に関しては、かつて、自著『志気』に書いたことがあるが、熊沢蕃山を調べたりして、歴史にも詳しい先生である。

また一般的に有名人となっている人には作家の五木寛之氏がいる。彼は、一九三二年生まれであるから私より一〇歳年上である。子供は居られないようだが奥さんは健在の様子である。二〇一四年、八二歳で『親鸞』を完成している。また多くの対話集を出している。ただ、対話集というのは、普通は会話を録音し、その後編集者による筆記を後で本人がチェックして出版されることが多いものであるから、谷川氏の場合もそうであるが本当の意味での著作とは言えない。

私が好きな作家である吉村昭の妻、津村節子氏は（注五）、夫の死後五年にして、夫との最後の日々を長編『紅梅』（文藝春秋、二〇一一年）に書いている。大変な精神力だと思う。夫の作品に学生時代から惚れ切っていたのは対談集『遥かな道』（河出書房新社、二〇一四年）に述べている。

この本では、結婚して、二人とも作家を志しながら生活のために二人で東北から北海道の根室まで、冬の季節にメリヤスの行商に歩いた過去が述べられている。文学を続けるための収入を求めて、夫婦の逞まい精神を感じる。この出版時、津村氏は八六歳である。

さて、高橋幸枝氏の本であるが、どういう方かというと、精神科の医者である。福島県の女子医学専門学校を卒業していて、新潟県の県立病院に勤務し、東京に移って診療所を開設、やがて神奈川県に「秦野病院」を開院して院長に就任して、そのうち医療法人社団秦和会理事長とある。なお、結婚する気があったのか、なかったのかわからないが、一生独身を通している。文章は難しい言葉を使うこともなく平明そのものである。
さすがに良いことが書いてある。第一章「『ほんのひと手間』の魔法」では、「面倒なこともあなたの大切な断片です」、「手間のかかることほど、やりがいがある」、「『煩わしさ』の先には、幸

せが待っている」、「自分以外のことに手間をかける、という贅沢」、「面倒に思える人ほど、本当はありがたい」と続くが、億劫になってきても、むしろそこに喜びを見出そう、そういうことが起こるということは、まだまだやることがいろいろあるということでそれは幸せなことなのだ、むしろそういうことがなくなったら人生は寂しくなってしまう、と言っていると解釈できる。

高橋幸枝氏

第二章「ゆるやかな人間関係は、人生の宝物」では、人間関係を円滑にするコツについて、よく助言を求められるのだが、お伝えしているのが、「相手を褒める」、そして「感謝の気持ちを伝える」ことである、と。……どんな人も話を聞いてほしいのです。年齢を重ねた方ならなおさらです、と書いてある。

第三章「年齢を重ねながらゆっくり考えたこと」では、まず、年取ってからなおさらなのだが、ユーモアの大切なこと、面倒なことやつらいことが続いた時は大空を眺めることを勧めるとか、やはり、より良い人生の基盤は人間関係、それの土台は心身の健康です、とか。

第四章「生きる力をくれる、ささやかなもの」では、天気の良い日は微笑んでみるとか、明るい色の服を着てみるとか、身近の小さい花をじっと見る、ペットを慈しむというような女性らしい心持の大切さが書かれている。

第五章「からだと心の声にゆっくり耳を傾ける」では、

「からだと話をしていますか?」で、ほかの情報収集に奔走するよりも、自らの身体の調子を常に注意深く見て生きること、「からだはこまめに使う」には、年代によって「したほうがよい運動」と「してはいけない運動」の境界線が目まぐるしく移り変わること、だから自分の本当のからだの要求に忠実に従うこと、そして先生は、健康情報があふれかえる今、「どうすればからだによいか」は皆さんだいたいご承知のはずです、私の長寿の三大原則は、挑戦、節制、適度な負荷です、と言うのだ。何かをやろうかという時、いつも「やるか」、「やらないか」十秒間立ち止まって考えるようにしているという。お酒も適量たしなんでいるようだ。病気になって、たとえばがんになっても、「怖い、怖い」と思わないで、これからそれと仲良く一緒に生きていけばよい、というような心の持ち方を習慣にしたらどうか、ということも述べている。これらは、多年患者という弱い立場の人と付き合ってきただけに、力むこともなく包み込むようなやさしい気持ちに溢れている。立派な信頼できる先生だなあと思う。もちろん、これらの記述は、社会の動きがどうだとか、国際間の力学がどう動いているかというような次元とは、全く別の日々の気持ちの持ち方というようなささやかな事柄への対処を書いているのであるが、私はおおいに教えられた気がした。

その後の彼女を追って行くと、二〇二〇年一月に一〇三歳で亡くなられている。

年取ってからの女性は強い人が多い。私が長年の大ファンである佐藤愛子氏は、若い頃、出征する男たちを送り、「女はなんと情けない存在なのだ」と思ったと言う。彼女は強い男に憧れていたのだ。それが親友の北杜夫氏から「男運の悪い愛ちゃん」と同情されるほどの苦労を重ね、それが、根性を養った。彼女は長編『血脈』で、自分の育った家、小説家佐藤紅緑と元女優の間に生まれ、異母兄の詩人サトウ・ハチローをもったユニークな家族のことを書いている（注六）。私は『不運は面白い　幸福は退屈だ』（海竜社、一九九九年）も読んだが、八四歳で『老い力』（海竜社、二〇〇七年）を出版している。彼女は、この本で次のように述べている。

私はコーヒーを飲まない。タバコも吸わない。酒も御馳走もいらない。上等のお茶屋やお菓子も不用である。食事は自分が作ったものが一番うまい。だが健康のためにそうしているわけではないのである。酒もコーヒーも飲みたくないから飲まないだけのことだ。他人とのつき合い上、必要な時には飲む。肉体の衰えや病の苦痛に耐え、死にたくてもなかなか死なせてくれない現代医学にも耐え、人に迷惑をかけていることの情けなさ、申しわけなさにも耐え、そのすべてを恨まず悲しまず受け入れる心構えを作っておかなければならない。どういう事態になろうとも悪あがきせずに死を迎えることが出来るように、これからが人生最後の修行の時である。いかに上手に枯れて、ありのままに運命を受け入れるか。楽しい老後など追求している暇は私にはない、と書いている。

佐藤愛子氏

また、私の人生は失敗の連続だったが、とにかくもその都度、全力を出して失敗してきた。失敗も全力を出せば満足に変わるのである。今はただひとつ、せめて最期の時は肉体的に七転八倒せずに息絶えたいということだけを願っている。しかしこればかりはいくら願っても自分の意志ではどうにも出来ないことであるから、その時は七転八倒するしか仕方がない。いかに七転八倒するとも時がきたら死が終わらせてくれると思えば、死は希望になる。そう思うことも私の死に支度のひとつなのである、とも述べている。

その中で、彼女は男は如何にあるべきかを述べていて、私も同感なので、記しておく。

「子供が父親を誇りとして尊敬するのは、父親が強い人間であり、抵抗や苦難と戦い、傷ついてもなお、信念や個性を失わぬ人生を作っていく時である。父親は無言のうちにその生き方を提供することによって子供を教育するものであり、母親は手とり足とりして日々、子供をしつけるものだ」と。

まあ、内容は、その時に思いつく、こまごまとした思い、気持ちのうつろいを書き散らすといった具合だから、読むのに努力や緊張感は必要ではないと思うが、とにかく文章を書くというのは、それなりに気力も必要で立派だと思う。先述の津村節子氏の『遥かな道』では、佐藤愛子氏との対談もあり、津村が数歳年上の佐藤の執筆継続を心の支えにしていると述べている。佐藤愛子氏は、その後も、私は読んでいないが、最後の長編小説と銘打った『晩鐘』（文藝春秋、二〇一四年）、『九十歳。何がめでたい』（小学館、二〇一六年）や、『九十八歳。戦いやまず日は暮れず』（小学館、二〇二一年）を書いている。彼女は二〇二三年三月時点で九九歳四ヶ月である。私が考えるに、こんなに女性らしい可愛い女性はめったにいないと思っている。

安西篤子氏は一九二七年生まれ、神奈川の名門校である県立横浜第一高女（現横浜平沼高）卒、結婚して二人の子息があり、一九六五年直木賞をとった小説家で、七五歳の時に『老いの思想　古人に学ぶ老境の生き方』（草思社、二〇〇三年）を書いている。現在、九五歳である。この本では歴史上の一〇人余りの人々、兼好法師、世阿弥、宮本武蔵、孔子、李白、新井白石、ゲーテ、ラ・ロシュフコー、アンドレ・モーロア等の人々の、老年になってからの生きざまを語っていて、とても面白かった。しかも史実を非常によく調査していて、歴史学者のように勉強していて、私などが知らなかったことを、いろいろ教えてくれる。

安西篤子氏

　例えば、兼好法師は『徒然草』を読む限りでは、終生、世捨て人であったように思っていたが、彼は、京都吉田神社の神官の出で、持明院統と大覚寺統の交互の院政が行われた時代、和歌を愛好する後宇多院に気に入られ、宮中で一時は和歌の四天王とも言われて得意の時期が続いたという。それが鎌倉幕府の申し入れで、院政が廃止され、後宇多院は一三二四年、五八歳で亡くなった。この前後、後醍醐の倒幕運動も盛んになって、第一回は後宇多院の死後三ヶ月で、この計画が破れ、後醍醐の近臣、日野資朝は佐渡に流された。この時に、兼好は俗生を厭い四二歳で出家したという。また、後醍醐の二度目のクーデター、元弘の乱が一三三一年に起こり、これも失敗し、後醍醐は隠岐に流された。以後、兼好は京都の騒動を避けて、木曽、東国、また京都そして、伊賀の国見山の麓に庵を結び、一三五〇年、六八歳

でこの世を去っている。

安西氏のこの節のサブタイトルは、「忘れることこそ老境の上手な処し方」というものだが、『徒然草』ほど日本人に親しまれている古典は少ないとし、その無常感は、日本人の心性にぴったりくる、と書いている。私もその通りだと思う。彼女は、その特徴を取り上げ、説明を試みているが、最後に「こう見てくると、兼好はごくまともなことしか認めない、まったくの常識人である。それだからこそ、『徒然草』は多くの人に読み継がれてきたのであろう」と結んでいる（注七）。

世阿弥については、彼の晩年がどうだったかは知らなかった。彼は『花伝書』を五六歳で書いている。彼を引き立ててくれた将軍足利義満が世を去った後、その子義持は能楽の元である猿楽よりも古い田楽を好み、猿楽はすたれ世阿弥は苦悩する。彼は『至花道』、『花鏡』を書き、なんとかその復興に努力する。世阿弥には元雅、元能（もとよし）の二児がいた。義持が一四二八年に亡くなり義教が将軍に就任、彼は猿楽好きだったが、元雅よりも、世阿弥の弟の息子、音阿弥を贔屓にした。ある時、世阿弥と元雅は義教によって御所への出入りを禁止され、元雅は就任していた楽頭職を罷免されてしまい音阿弥がこれに代った。そしてその半年後、弟の元能は出家してしまった。そしてさらに不幸が続き、一四三二年に猿楽興行中の元雅が殺害された。

この時、世阿弥はおよそ七〇歳、世阿弥は最後の著書『却来華』を書き、その序で「思はざる外、元雅早世するに因て、当流の道絶えて、一座すでに破滅しぬ」と書いているという。一方、音阿弥はその翌月、四代観世大夫となり、名実ともに観世座の後継者になった。

翌年、世阿弥は、音阿弥に家の秘伝書を譲らなかった咎で、佐渡に配流となる。その後、赦免されて京都に帰り、八十歳ほどで世を去った。芸能人は、後援者あってこそ、世に立つことができる、典型的な型であったと言えよう。

孔子は、我々にとって極めて馴染みの人である。『論語』で「子曰（のたまわ）く」（孔子だけに使われる読み方）というように、その教えについては、若い時から習っている。自分の理想とする政治を行おうとして、諸国を遍歴したが、どこでも自分の献策は採用されず、どうにもならなかった話も知っていたが、安西氏はこれについても、詳細な記述をしている。

孔子は、紀元前五〇〇年頃、春秋時代に小国魯の国で育ったが、諸国遍歴の旅に出たのは五六歳の時である。魯の大司寇という要職にいて国はよく治まったのだが、隣国斉は、脅威を感じ、美しい歌い姫八〇人を魯の王に送り、これで政治が乱れ、孔子は魯を去ったのが、発端だった。

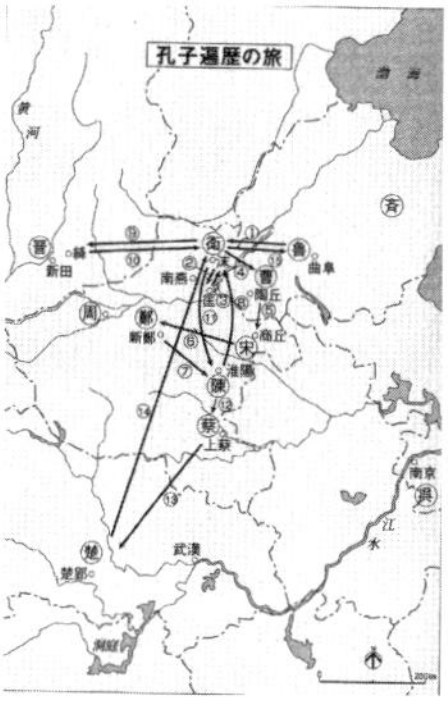

その後の孔子の遍歴は上図に描かれている。

この図に即して見ると、孔子の辿った旅は、魯—衛—陳—衛—曹—宗—鄭—陳—衛—晋—衛—陳—蔡—楚—衛—魯。楚から衛に戻った時、孔子は六三歳、魯へ戻った時が七〇歳目前であったという。衛から楚までは、直線距離で約四五〇キロメートルであるから、たぶん実際はその一・五倍はあっただろうし、むろん馬車は使っただろうが、作者は、当時は立乗で、徒歩よりはましであるにせよ、老境に入った孔子の心身には、かなりこたえたに違いないと書いている。

孔子は、顔淵、子路、子貢等の弟子がいて、一番期待したのが、顔淵であったが、四一歳で亡くなり、長男の鯉にもその二年前五〇歳で先立たれ、子路は顔淵の死後二年で、殺された。このように当時の平均年齢より長く生きた孔子は数々の悲嘆に襲われている。子路が「孔子とは如何なる人か」と問われ、うまく答えられなかった時、孔子は「女（なんじ）なんぞ日（い）わざる、其の人と為りや、憤り（発奮の意味）を発して食を忘れ、楽しみて以て憂いを忘れ、老いの将に至らんとするを知らざるのみと」と言ったという。自分を客観視して、努力したが報いられなかった。孔子がけっして悟りすました人間でなく「これが私だ。これでいいのだ」という一種の満足感もあったのではないか。この言葉は安西氏が論語の中で最も好きな言葉であると述べている。

李白は唐の大詩人であり、その奔流のごとき詩は素晴らしく、私は真面目一方の杜甫より遥かに好きなのだが、彼が晩年、謀反人とされ、都を追われ、放浪の生涯を送ったのを知らなかった。

彼は、杜甫より十一歳年上で七〇一年生まれ。四川省の富裕な商家に生まれ、七四二年、玄宗皇帝に招かれ長安に赴いた。そして、自ら酒中の仙と称して、玄宗を喜ばせる幾多の詩を作ったのである。ところが、これを恨む宦官の高力士という男が、策略で楊貴妃に、李白の無礼なる振る舞いを告げ口しそれを信じた楊貴妃が玄宗から李白を遠ざけた。高力士を筆頭とする廷臣からも白眼視され、李白はついに七四四年に長安を去ることになった。四三歳の時である。才能に溢れ奔放に振舞う李白が、周囲の四角四面の役人からそねまれ嫉妬を招いた、というのは如何にもありそうなことである。以来一〇年、李白は各地、華北、華中に及び、さらには江南にも及んだという。この間で、辛い思いもあっただろうが、詩作には大いに役立ったことも多かった。

私の好きな「牀前　月光を看（み）る　疑うらくは是れ地上の霜か……」（「静夜思」）は、こうした時にできたようだ。

また、李白は三度の妻を迎えているが、安西氏が、「私が愛誦してやまない一首」として挙げているのが、遠く離れて彼を待ちわびている妻に対しての詩で、次のようなものである。

「長安　一片の月　万戸　衣を擣（う）つの声　秋風　吹いて尽きず　すべてこれ玉関の情　いつの日か胡虜を平げて　良人　遠征を罷めん」

一方で、七五五年安禄山の乱が起こり、玄宗はこれを迎え撃ったが、大敗し長安を放棄、四川を目指して逃走、その途中で玄宗は周囲の楊家批判にやむをえず高力士に命じて楊貴妃を殺してしまう。また、皇子の一人永王は江陵で兵を挙げ、李白はこの幕下にはせ参じた。しかし、永王が官軍に背いた野心に気付き、軍から去ったのであるが、捉えられて死罪を宣告されてしまう。

これに対する助命嘆願でなんとか罪が減じられ夜郎（貴州省の西域）に流罪となる。この頃李白は六〇歳目前という。その流刑地に向かう途中、三峡の近くで赦免の報が届いた。これで喜びが爆発した詩が有名な「朝に辞す白帝　彩雲の間　千里の江陵　一日にして還る……」（「早発白帝城」）であったそうだ。白髪三千丈の言葉を含んだ「秋浦歌」という詩も生れた。まことに苦難こそ創造の原動力と言えようか。

外国人に関しては、アンドレ・モーロアの記述が面白くしみじみとした気分に襲われた。これは彼の『私の生活技術』(内藤濯訳、新潮文庫、一九五二年)を彼女が読んだ感想なのであるが、若い時は、「愛する技術」や、「働く技術」に関心があったが、最近は「年をとる技術」を熱心に読むようになったとある。(実は、私はそれの新しい別訳『人生をよりよく生きる技術』(中山眞彦訳、講談社学術文庫、一九九〇年)を二〇二二年に読んでいるのだが、その時はさしたる感慨を持たなかった。)

原著は、一九三九年頃出版され、ドイツのナチが周辺諸国に侵略を開始する直前であった。モーロアは五四歳くらいである。

モーロアは言う。「年月と共に移動して来ているわれわれの眼をもってすれば、われわれは依然として青年なのである」、「われわれは長いあいだ老年期からまぬがれている気でいる。」私自身に関して言えば、まさしくその通りであったし、安西氏も、私の周囲にも、自分でそう思いこんでいる人は少なくないと述べている。

老年の真の不幸は、肉体の衰えではなくて、心が何物にも動かないことである。だからモーロアは「年をとる技術とは、何らかの希望を失わない技術であることが仄かながら察せられる」と説いているという。

老人には、免れ得ない欠陥がいろいろ出て来る。しみや皺などの顔の欠点、精神的欠点も増えがちになる。新しい思想をこなすだけの力がなくて、それに同化できず、働き盛りだった時分の偏見に執着する。経験を鼻にかけて、どんな問題でも裁けると思いこみ、反対を言おうものなら長上に対する礼を欠くものと見做して腹を立てる。眼前に起こっている事柄に興味が持てない結果、自己改造の出来ない彼の口からは、同じ話がきりもなく繰り返される。

年をとる技術とは、これらの暗い現実と、闘う技術である、とモーロアは言う。それには二つの道がある。一つの道は、決して意気阻喪しないこと。身体に諦めをつけることなく、本当に抱いている感情を抑える必要はない。もう一つの道は、老年を受け容れることである。

それは凪ぎ渡った年であり、あきらめの年であるがゆえに、幸福な年でもありうる。若い時は、好もうと好むまいと、他人と競わねばならない場合があった。しかし、もうそれは終わった。遠い未来に対する責任からも解放されている。老人が慎まねばならないこと、それは逃げて行くものにへばりつくことである。最後にモーロアは隠居に触れる。好奇心を無垢のまま持ち続けている人にとっては、隠居こそ一生のうちで最も楽しい時なのである。

安西氏もまた最後に書く。豊かな教養を身に付け、内面の充実している人は、一人でいても退屈しないと言われる。どういう老年を迎えるかは、その人がどんな人生を送ってきたかによって決まろう。若年、壮年と、自分の能力いっぱい、力を尽くして生きてきた人は、振り返ってもなんの悔いもないであろうし、晩年にめぐって来た静謐の日々を喜んで受け入れるに違いない、と。

以上、私の興味の深かった内容についてのみ記したが、安西氏の強い探究心と、その時々の人間に対する彼女の深い理解を堪能した読書であった。

最近、生物学者で現在八七歳の中村桂子氏が『老いを愛づる　生命誌からのメッセージ』（中公新書ラクレ、二〇二二年）という小冊子を出版された。彼女は、かつて私が最初に随筆を書こうかと思った二〇〇八年に、かなりまとめて読んだ経験のある、『日本の名随筆』（作品社）全一〇〇巻シリーズのなかの『生命』とまとめた巻（一九九八年）の編集者となっていて、そこで彼女が書いた一節が実に印象的であった。それは、私の自著『いつまでも青春』の「あとがき」で引用したのだが「どんなに時代が変わろうとも、本当に大事なことってそんなに変わるものではない。……自分の心の底にある声に耳を傾けて、本当に大事と思うことを引き出し、次の世代に渡していくという作業をしなければ、長い長い人類の歴史の一幕を演じたことにならないのではないか」と。

中村桂子氏

彼女は、お茶の水女子大附属高校から東大大学院理学系研究科生物化学専攻を修了し、三菱化成生命科学研究所に勤務し、「生命誌」の研究を継続した。多くの関連した著書を出版している。

この新しい本では、かなり脱力した姿勢で、老いをマイナスとばかり捉えるのでなく、なかなか面白いと思う気持ちを語りたくなった。自分の生き方にそれほど自信もないので、他の人がチラっともらした言葉で「いいな」と思った言葉をお借りしました、と述べている。第一章「老いを愛づるヒント」では、「あの人たちの、あの言葉から」を副題として、最初にシンガーソング・ライター、私も大好きな中島みゆき（注八）の『時代』から始まっている。「回る　回るよ　時代は回る　喜び悲しみ　繰り返し……」という具合である。そして次は赤塚不二夫の天才バカボンの「これでいいのだ」である。次はフーテンの寅さんである。彼女は映画『男はつらいよ』は全巻ＤＶＤを持っていると、その熱中の程は半端ではない。寅さんの言葉で、よいと思うのは「生れてきて良かったな」と「キリがありませんから」だという。後者は、そろそろ作業で疲れて来た時、「キリがありませんから」と切り上げることにしますという。寅さんにお目にかかると一遍に元気になると書いている。そして、私は見ていないが、北海道富良野に移住した倉本聰氏のテレビ作品『北の国から』の主人公黒板五郎のセリフに「もしもどうしても欲しいもンがあったら、自分で工夫して作っていくンです。つくるのがどうしても面倒くさかったら、それはたいして欲しくないってことです」があって、彼女は気にいったものであるようだ。彼女は公害の時代に四〇歳台で東京から北海道に移った倉本氏に衝撃を受けたらしい。

彼女は東京が爆撃を受ける頃、小学三年生で、子供たちだけ先生と田舎に移る集団疎開で愛知県に移住し、中学一年で東京に戻ったそうだが、その後、働く都合もありずっと東京住まいであり、何事にも便利で巨大な変貌をし続ける東京に住んできた。そして、そこでは、膨大ないわばゴミを生産し続けている。戦争後のもののない時代を過ごした彼女にとって、このような体制が果たして良いものだろうか、という思いは、彼女より六年年下の私にも良くわかる。

第二章は「孫を愛づる」となっている。ここでは、彼女にとっての孫の世代、野球の大谷翔平君や将棋の藤井聡太君の活躍は素晴らしいと書いている。特に大谷君の、プレーする時のチームメートとの屈託ない交歓の様子や、藤井君の対局後の控えめではにかむ笑顔が素敵です、と書いている。彼女はときどきテニスを楽しんでいるというが、今もみずみずしい感性を持ち続けていることがよくわかる。大事なのは競争ではなく自分が好きなこと、大事と思うことを思い切りやることではないでしょうか、と述べている。

また、地球環境悪化問題で、一五歳の時から活動をはじめているスウェーデンの少女、グレタ・トゥンベリさんのことなどに触れるかと思えば、藤沢周平の『たそがれ清兵衛』に話が移る。このように、非常に話題が広いことにも感心した。

第三章は「老い方上手な人たち」で、副題は「バトンをつなぐということ」となっている。ここでは尊敬する人として、彼女より一まわり年上の染織の志村ふくみ氏（人間国宝）をあげ、彼女が、自然からの恵みとして、自らの仕事を進めている言葉に感銘を受けたという。もう一人は、二〇一二年のリオ・デ・ジャネイロで開かれた地球サミットで感動的なスピーチをした、ウルグアイのムヒカ大統領の話であった。ウルグァイはブラジルの南にある人口三〇〇万人の小国である。彼は後に「世界で一番貧しい大統領」と言われた人で、私は何も知らなかったので、ネットで調べた（注九）。

第四章は「大地に足を着けて生きよう」とあり、副題が「生命誌からのメッセージ」となっている。素朴な平和への願いとして、画家の山下清が長岡の花火を見ながらの言葉「みんなが爆弾をつくらないできれいな花火ばかりつくっていたらきっと戦争なんて起きなかったんだな」とか、カントの『永遠平和のために』の本、アフガニスタンで人々を支える仕事をした中村哲医師のことが述べられている。石牟礼道子氏など水俣病のことにも触れられている。

自宅の庭

ここでは、彼女の主張である、人間は生き物で自然の一部であり、自然の生物は、すべて植物、動物による食物連鎖の中で生かされているという強い思いが綴られている。ネットで現在の彼女の様子を調べて見ると、一男一女の子供を持ち、今は夫と子供の三人暮らし、世田谷区成城にあるちょっと吃驚するほどであるが、六〇〇平方メートルの庭を持って、ときどき付近の人に解放するという広大な斜面の庭の落ち葉取りに精出すという豊かな生活を楽しんでいるようだ。その非常に自然体である姿勢、そして常に謙虚な心を持って年をとっていくという、いい生活をされているなあと、深く感じる。

かつて私が引用したものは、彼女が六〇歳台半ば、約二五年前書いたものだから、彼女の人生観は一貫している。人間の性格は少しも変わっていないと、感銘を覚える。

このように、それぞれの人の年取ってからの一言一言はとりとめもない言葉にもつくづくその重みというものを感じてしまう。

図書館で、宗教学者の山折哲雄氏の『米寿を過ぎて長い旅』(海風社、二〇二〇年)を見つけて読んだ。一九三一年生まれ、出版時、氏は八九歳である。氏は浄土真宗の寺に生まれ、東北大学インド哲学科を卒業している。若い頃は生活で苦労したようである。二〇歳台は同人としょっちゅう安酒の宴会、東北大学大学院博士課程で単位取得退学、またで胃潰瘍、十二指腸潰瘍の手術をしている。三〇歳台に結婚、子供も生れ東京へ。転職に次ぐ転職、四〇歳台は非常勤講師のはしご、はしごとある。一九七七年に母校の助教授になり、一九八二年、五〇歳過ぎて佐倉にある国立歴史民族博物館教授となっている。また、八九年、京都にある国際日本文化研究センター教授、二〇〇一年には、同所長となっている。

山折哲雄氏

私は、氏が若い頃、日本における免疫学の先駆者、元気な頃の多田富雄氏（注一〇）との対談『人間の行方　二十世紀の一生　二十一世紀の一生』（文春ネスコ、二〇〇〇年）を読み、自然科学者と人文学者の真摯な会話に感嘆したことがある。

この本では、生活が安定した後、国内外のさまざまの集会に呼ばれて、実に豊富な見聞に溢れた文章に感嘆する。この年齢でこれだけ世界を飛びまわっている学者は少ないと思う。アメリカ各地（サンフランシスコは生れた所）、イギリスのロンドン、パリ周辺、中国の西安、インドで仏陀の後を訪ね、カルカッタではマザー・テレサに会い、チベットの首都ラサに行き、ダライ・ラマが来日した時には会見している。

司馬遼太郎の『坂の上の雲』に対する感想もあれば、戦争の前後の軍人の死ぬ直前の態度の比較（日露戦争の廣瀬中佐の戦死とその後の潜水艦沈没の佐久間艦長）がある。それに対する漱石の論評がある。長谷川伸作の『荒木又右衛門』では義弟渡部数馬の敵討を助けた荒木又右衛門についての感想がある。師正岡子規の死に臨んでの高浜虚子の剛直な態度、支倉常長が滞欧中に受洗して、その間に日本ではキリシタン禁制の世になって、帰国したこと、それを書いた遠藤周作の『侍』が出てくる。藤原道長や北条時頼のこと、レーガン大統領の自身のアルツハイマー告白に対する感懐がある。フィギュアの羽生結弦の演技に、マイケル・ジャクソンの踊りを連想するアメリカの記事に対する感想、一方、美空ひばりの大ファンで一〇曲の代表曲の解説もあり、山本安英の『夕鶴』、大英博物館で見つけたビートルズのポール・マッカトニーのノートの話もあり、ある文章には五木ひろしの『よこはま・たそがれ』やいしだあゆみの『ブルー・ライト・ヨコハマ』の歌詞が出てくる。仏教学者にしては実に話題が豊富なのに感心した。

長らく京都に住んでいるが、庭の植物の世話が大好きな奥さんも健在であるようだ。

また、高齢者の本で他に読んで印象的だったのは、こちらは対談集であるが先述の五木寛之氏のもので、時期は彼の七〇歳台後半だが、『生きる勇気　死ぬ勇気』(平凡社、二〇〇九年)で、相手は私も遠くから何度か講演を聞いたこともあるホリスティック医学(生と死の統合を考える医学)の権威とされている帯津良一氏である(彼は五木氏の四年年下で一九三六年生まれである)。この本で、心を動かされた箇所をピックアップしてみよう。

五木氏は、あるとき、テレビ局のさる若い女性との対談収録を行うためにホスピスを訪れたという。対談を聞くために何人かの患者が集まっていた。

五木氏の記述によれば、「そこは静謐という言葉がぴったりするところであった。収録が終わった時、一人の患者さんがスタッフに尋ねた。『この放送はいつですか?』スタッフは三週間後の日

五木寛之氏

帯津良一氏

時を告げた。それを聞いた患者さんは、『あら遅いのね。もういないわ』といってカラッと笑った。患者さんの悪戯っ子のような笑顔と対称的に、私たちは言葉をうしなって凍てついた。……後から病院関係者に聞いたところ、平均滞在日数は一、二週間、長くても三週間だという。」

このような経験が、五木氏の本の表記のような題名となったようだ。死ぬ時の気持ちを彼はよく考え込まされるという。

実はこの対談の前に、帯津氏の奥さんが急逝されたことを五木氏は告げられたと言う。あまりのショッキングな事実に五木氏は絶句、動揺したが、「そういう私を、かえって帯津氏が気遣った」と、五木氏が「まえがき」に書いている。

「自分が幸せになる」というのが人間の究極の目的だ、と考えたとしても、何をもって幸せとするかは、人それぞれである。五木氏は、万人に通じる唯一つの真理はないということを感じていると言っている。五木氏は親鸞を研究し、浄土真宗のお寺で修行もしているので、この本でも仏教に関する話が多い。「浄土の感覚」とか「虚空」はどこにあるのかとか。一方、帯津氏は毎朝仕

事をはじめるまえにお経を唱えていて、それは「延命十句観音経」で、非常に短い。また、毎週金曜日の夕方気功の道場で、三〇分間話をして、一五分気功をやっているという。

私は、この本で、帯津氏の「日本ではホメオパシーはまったくだめですね。無視していますね。厚生労働省も医学界もまったく無視ですね。」という言葉と、「医学は科学であるにしても、医療はスピリチュアルなものなんですから。」という言葉が記憶に残るが、特に後者の表現には、なにか深いものを感じた。

五木寛之氏は、八五歳で『百歳人生を生きるヒント』（日本経済新聞社、二〇一七年）を出版している。これは、彼が最近読んだベストセラーの『ライフ・シフト―１００年時代の人生戦略』（リンダ・グラットン、アンドリュー・スコット著、池村千秋訳、東洋経済新報社、二〇一六年）に書かれた如く、今や「人生百年時代」を迎えているということで、そういう視点から人生を構築する覚悟について書こうとしたものである。

良く知られたインドでの人生を二五年ごとに四つの期間にわけて、「学生（がくしょう）期」、「家住期」、「林住期」、七五歳からは「遊行期」が説明されている、その中でブッダは八〇歳まで生きた。五木氏は百歳人生という大きな課題にたいして、五〇代から、人生下りの道のりを、一〇年ごとに区切り、その各々一〇年を、どのように歩くかを考えている。彼は、これらを五〇代の事はじめ、六〇代の再起動、七〇代の黄金期、八〇代の自分ファースト、九〇代の妄想のすすめ、とそれぞれ一章をあてて、記述している。

私にとっては、過ぎ去った過去はどうしようもないので、八〇代をみると、自分ファーストは、社会的しがらみから身を引き、自分の思いに忠実に生きる時期とされている。九〇代は、たとえ体は不自由になっても、これまで培った想像力で、時空を超えた楽しみに浸る時期とされている。

これらの文章については、いろいろ書いてあるのだが、これを詳述するのもさほど必要ないと感じる。人生、いろいろなものの見方があり、柔軟に考えればよく、人によって取り方はさまざまであろう。このなかで、いくつかのこころ覚えにしても良いかなと思った文章を挙げる。

・私は、茨木のり子さんのように（彼女の詩「倚りかからず」を記した後で）、国によりかからないで、自分の感覚というか、勘をセンサーにして生きて行く覚悟を決めました。

・私は以前、人生には目的はない。ただ在ること、生きていることに意味があるということを書きました。

・私ははっきり言って、退屈な時間が大好きです。

・この世からの退場の仕方について、これからは、本人が自足した長寿の末に、周囲も死を当然のことと認め、本人も覚悟する、誰も惜しむ人が居ない死、という現実が近づきつつある。

・天台宗の大阿闍梨（あじゃり）酒井雄哉氏の言葉、「一日一生」、今日一日を一生だと思って大切に生きなさいという教え。またマタイ伝にある「明日のことを想い煩うな。明日のことは、明日自身が想い煩うであろう。」これは五木氏は述べていないが、石橋湛山がよく色紙に書いた言葉である。

そして、五木寛之氏は、二〇二二年、八九歳で『捨てない生き方』（マガジンハウス新書）という本を出版された。北朝鮮からの引き揚げ者という経験からして、ここまでの氏の見事な生きかたを思う。彼の本をなぜ読みたくなるかと考えてみると、年取ってからの強気になったり、弱気になったりする気持ちをすなおに書き、文章の根底にある種の想いやり、優しさが溢れているからではないかという気がする。なにか心の救いになるような気がするのである。彼は現在九〇歳を超えている筈である。

私は、先述もした、亡き小島直記の本に数々の教唆、指針を得ているが（注一一）、その中で一番印象に残る文章は「人間の真価は、その晩年にある」という意味の言葉である。不慮の災害、あるいは突然の死は別にして晩年は本人にはいつかは全くわからない。しかし、晩年こそその人の人生の総決算が明確に示される。その人の人生観が、生き方そのものに現れる。だから人間は毎日真剣に考え過ごさなければいけないのだろう、生真面目ということではない、喜怒哀楽、執心、恬淡、あらゆる要素がいかなる調和を持って現れるか、そこに人生の姿勢が問われるのだろうと思っている。

注一　自著『折々の断章』内、「生涯の計画と年とってからの覚悟」

注二　山崎豊子の長編『不毛地帯』（新潮文庫一巻～五巻、二〇〇九年、初版は『サンデー毎日』連載、一九七三年～七八年）は、一応、瀬島龍三をモデルとした小説とされるが、読んでみると、一部は事実に近い記述もあるのだが、著者も認めている通り、多くの複数の事件を取り込んだフィクションである。例えば、瀬島氏と関係のないロッキード・グラマン事件、イランの石油採掘事業をめぐる激しい葛藤とか、ストーリーを多元的にする工夫がいろいろ見られる。また、主人公の妻は交通事故で亡くなったという筋書きになっているが、実際は瀬島氏の妻は九〇歳まで生き、その三ヶ月後に瀬島氏が九五歳で亡くなられた。

注三　この両書に関しては、自著『志気』内、「バートランド・ラッセル　宗教は必要か」

注四　自著『小説「ああっ、あの女は」他』内、「御高齢の尊敬する先生たち」

注五　自著『思いぶらぶらの探索』内、「夫婦で作家である人たち」

注六　自著『悠憂の日々』内、「正論とは」

注七　私も兼好法師については、自著『心を燃やす時と眺める時』で、「年を重ねるということ（モンテーニュの『随想録』読後感)」で両者を比較して論じた。

注八　自著『悠憂の日々』内、「文学詩人の女性歌手」

注九　ムヒカ氏は、一九三五年生まれ、若い頃は反政府側の極左武装組織のゲリラの闘士で、一三年間投獄された経験を持ち、二〇一〇年から一五年まで、ウルグァイの大統領だった。その間、毎月一〇万円の生活を送り、他はすべて公共に寄付していたという。リオでの演説は有名なものらしく、ネットではその全文が出ている。

注一〇　『折々の断章』内、「多田富雄氏」

注一一　自著『楽日は来るのだろうか』内、「伝記作家、小島直記氏」

第四章　個人的なこと、ひとりごと

女性のまなざし

私はこの歳になって、女性のまなざしの美しさにつくづく捉われている。これは、美人・不美人に関係なく、年齢にもかかわりない。これはどうしてかと考える。特にコロナ禍にあって、美人の数が増えたという声をよく聞く。私の友達も「どうもそんな感じがしてきた」と言ったりする。それは、マスクで顔の全体が見えず、美顔かどうかは定かでないが、女性のまなざしだけを見ると、皆澄んで美しく見えて来た、ということではないかと思える。

最近は、年とって足腰が弱くなってきているので、訓練のために、天気の良い日は、無理してでも、午前中に夫婦でゆっくりと明治神宮まで散歩に行き、西参道の大鳥居から入り、最初は北側にある宝物殿前で、広々とした芝生を眺めやり、ベンチに座って、水筒のお茶を飲みながら休む。緩やかな斜面には、近所の何ヶ所からかの保育園や幼稚園からきた幼児たちが保母さんに見守られながら、走り回ったりしている。それらを見守る若い保母さんたちの顔は、いずれも子供たちが可愛くてたまらないという感じで美しい。こういう女性たちがいるからこそ、小さい子供も育っていくんだなあ、これは人類にとっても本当に有難いなあとも思う。

その後、森や芝生の緑に囲まれながら、本殿まで必ず歩く。帰りに神宮を離れ、参宮橋や代々木の駅前にある店で食料品を買ったりして二時間あまり、大体七〇〇〇歩くらい歩いている。神宮では、特に土、日曜日に、本殿ではたいがい神前結婚式をやっているのに遭遇することが多い。午後に行く時にも結婚式に遭遇する。多い日は、五、六組に会う感じの時もある。私たちは幾つかある本殿内の回廊の庇の下の長椅子に腰かけて晴れがましいそれらを見物する。

新郎新婦を含む一行は、まず、東神門の外にある神楽殿で衣装を整え、おもむろに東神門から本殿境内に入り、本殿を右に見て真っ直ぐ、ゆっくりとした足取りで西神門のほうにある、式場

の部屋に向かう。先頭には聖徳太子のように杓子を持った式服の年輩の神官がおり、次にやや若い神官が続く。そして白い上着と真っ赤な袴を着た二人の少女の巫女が並んで続き、その後に新郎新婦、そのすぐ後から真っ赤な和傘を二人の上にかざした神官が続き、その後に親族や親しい列席者、数人、場合によって数十人が続く。西神門の前で右折して本殿の奥の方に向かい、式場の部屋に向かうので一般人には見えなくなる。時には、それを終えた一行が逆に戻ってきて、東神門に進むのに出くわすこともある。新郎新婦の衣装はたぶん神宮からの借り衣装と思

われるが、和装で、新郎は紋付き袴で、新婦は、白無垢に綿帽子というそうだが、目が見えるか見えないかの深い白い布を被っている。そしてその後、大概、東神門の外で一行は玉砂利の上で準備された椅子に腰かけたり、後列は立って専門の撮影班による記念写真を撮影する。

緊張している新郎新婦はほとんど、にこりともしないが、それ以外の人たちはみな晴れやかな表情に見える。東神門を出て、すぐの鳥居を過ぎると、神宮外苑にある明治記念館の大型バスが待ちかまえている。他に乗り合いのバスやタクシーがいることもある。たぶん、式が終了すると、一行はこのバスで記念館に運ばれ、披露宴の食事などになるのではないかと想像できる。

そういう晴れやかな新郎新婦は、初々しいが、それでも、現在は結婚する三組に一組はやがて離婚するということだから、結婚式を見る私たちの気持ちはちょっと複雑ではある。

ある日、他の組と違って、新郎新婦と一人の母親らしき女性のたった三人の組を本殿内で見た。神官などは全くいない。それにはたぶん頼まれた専門のカメラマンがついて写真をとっていた。花嫁の女性は、もしかしたら三〇台に見えたが、綿帽子もなく、嬉しくてたまらないといった表情がよく見え、満面に笑みをたたえていた。私はこういう花嫁の表情を見たことがなかったし、その女性が本当にほほえましく美しく見えた。もしかしたら、非常な苦労をして、周囲にも理解されずの結婚なのかもしれない。私はこの夫婦に凄く共感を覚えた。私たちは天気の良い日は、よく神宮に散歩に行っているので、そのような新郎新婦と撮影班のみの組を何度か見た。それで、ある日、神楽殿の受付の神官にあのような結婚のタイプはどういうものかと、聞いてみると、これは、正式の神宮のしきたりの予定よりかなり前に来て衣装を整えた新郎新婦が、時間前に自由に本殿前で、写真を撮影しているものと思います、との事だった。だから、新婦があんなにリラックスした表情なのだろう。

私はいつも思うのだが、男と違って、女性の考えていることはいつも非常に精神的である。男はまず自分が頑張らなくてはならないと思う。ところが女は、自分はまずおいて、自分は周囲の人たちに一生懸命尽くせばよい、尽くさねばならないと思っているように感じる。これは、小さい時から女性の本来持っている特質だと思われる。確かに男に比べれば、一般的に体力はかなわない。社会でも男性優位の中で、生きなければならない。どう生きるのか。そのような中で、彼女たちはひたすら、生真面目に、周囲に対してまごころ尽くせば、という風に考えているのではないかと思うのである。そういう風に生きる彼女たちの目は一様に美しい。

男としては、そういう女性を守ってやりたい。守らなければならない、と思うのである。もちろん、中には知的に男を凌駕する女性も時々現れる。しかし、そういう女性も、気持ちは常に生真面目一辺倒である。男のように、小さい頃から他人に悪戯をして、困らせ、それが楽しいというような女性はまず居ない。ユーモアは理解するが、自分で自分を揶揄するようなユーモアのある発言をする女性も非常に少ない。いつも真面目なのだ。

また、常に男に対して控えめに振舞う彼女たちを見ていると、ある種の精神的美しさを感じるのである。テレビでも、私たち夫婦がほぼ、毎週見ている『ブラタモリ』、主役であるタモリは調べて見ると最初の放送が二〇〇八年というから、もうこの番組で一五年近くであろうか、事前に非常によく勉強している。出てくる地元の解説者もさることながら、それに必ず付いて回る若い歴代女性、久保田祐佳、桑子真帆、近江友里恵、林田理沙、浅野里香、野口葵衣など、みなタモリからは離れて控え目に振舞っている（この番組に出ると、その後はいずれもよりメインの番組に起用されている。この中でも、野口葵衣が番組当初からアナウンサーとしての一番のプロであると思う）。彼女たちは二年くらいで交代し、タモリとは年齢も大きく離れているので当然とも言えるが、いつもタモリを立てて、質問をしたり、明るい会話で、雰囲気をもりあげる。もし彼女たちがいなければ随分違った番組になったことだろう。番組を華やかにする一種の色どり役である。民放の『ぶらぶら美術・博物館』でも、主役の山田五郎は美術学科を出た専門家であるが、ファッション・モデルでもあるスラリとした美人の高橋マリ子は、サブであるお笑いの小木博明、矢作兼に比べてもはるかに言葉も少なく、ときどき質問をするばかりである。

まあ、こういう女性を日本人は好むということを企画の人がよく知っているのだろう。私自身も、こういう姿勢は好もしく思うし、またこういう女性なら、結婚してもうまくいくだろうと思いたくなる。美人と言えば、現在、私が本当に綺麗と思うのは、Ｙｏｕｔｕｂｅで知った陸上自衛隊の女性隊員である鶫（つぐみ）真衣である。彼女は、国立音大から洗足学園音楽大学大学院を経て、二〇一四年に陸上自衛隊に入隊した時は匍匐前進だの発砲などという訓練を泥だらけでやったようだが、今はもっぱら陸上自衛隊音楽隊と一緒に音楽活動に専心している。彼女の入隊より五年先輩、年齢は一つ年上の女性が、海上自衛隊で、自衛隊全体で初めての女性声楽枠で採用された日大芸術学部音楽学科出身の三宅由佳莉で、彼女も美人で色白く、その歌う姿は澄んだ眼をしていて美しい。最近は、美人の女の子は、テレビでもたくさん出て来るのだが、アナウンサーや司会者と比べて、二人の歌手の美しさがひときわ心を打つのは、独唱する時の、全身全霊をこめて必死で歌うその真剣さにあるような気がする。

何事も集中した真剣なまなざしは、男でも女でも美しい。プロ野球の魅力もそこなのだ。投手と打者の集中した息詰まるまなざし、これだからこそ、惹かれるのだ。

しかし、必ずしも美人タイプでなくても、女性の目は本当に澄んでいるのである。例えば、私が最近いいなあ、と思ったのは二〇二二年の日本陸上選手権のテレビ放映、たいていの優勝者はインタビューでは、今後に向けて、まだ世界選手権ではもっと努力しなければ、とか真面目な表情なのだが、女性のなかに満面に笑みをうかべている無邪気な女の子がいた。彼女、北口榛花は、前年に続き、ヤリ投げで二連覇した優勝者で、世界選手権への標準記録には達しなかったが、近く予定されている他の外国での戦いに向けて頑張りたいと述べていた。東京オリンピックでは決勝に進んだが、腰を痛め一二位だった。男勝りの体格で腕は太く、一七九センチ、八六キロで、旭川東高、日大スポーツ科学部を経由して、現在JAL所属で二四歳、相当のオデブちゃんであるが、その大柄でにこにこしている表情を見ると、本当に可愛いし、その目は美しい。

その後、彼女は夏のアメリカのオレゴンでの世界陸上選手権に出場し、予選をトップで通過し決勝に進んだ。この時、投げ終わって記録を見て、日本人の客席に一目散に駆け戻った、喜びようが、また天真爛漫だった。

決勝では、最後の六投目で逆転、三位となり五輪・世界選手権を通じて、女子投てき種目で初のメダル獲得、直後、嬉しさにチェコ人コーチと泣いて抱き合い、渡された日の丸を背に涙を流しながら立つ彼女、そして表彰式ではまた満面の笑みだった。本当に可愛い女性であった。

私は女子やり投げというと、一九五二年ヘルシンキ・オリンピックで、五〇〇〇メートル、一〇〇〇〇メートルで優勝、急遽出場を決めたマラソンでも優勝した人間機関車と言われたチェコのエミール・ザトペックの夫人ザトペーコワを思い出す。彼女は女子やり投げで優勝した。あの時は私は小学生でラジオで放送を聞き、画像は、後でアルバム写真集で見た、当時の記録を調べて見ると、彼女の世界記録が五五メートル台である。オレゴンの優勝記録はオーストラリア女性の六六・九一メートル、七〇年経って記録は約一二メートル伸びている。チェコは昔からやり投げのメッカらしい。北口のコーチもチェコ人だった。彼女の記録は六三・二七メートルで、四位の東京オリンピックの優勝者の中国人とは、僅か二センチメートルの差であった。一方、男子の優勝記録は九〇・五四メートルだった。その後は彼女は一躍マスコミの寵児となり、人気者となっていって、次のパリ五輪への期待がたかまりつつある。私はそんなことはどうでもよくて、こういう状況が、やがて彼女が本来持っている性格を損ってしまうことのないようにすることが、より重要だと思っている。

私の家は、自動車のよく通る道から直角に曲がっている幅約四メートルの道が小さな庭の南側にあるので、比較的安全で、公園のない町にあって、日当たりもよく、天気の良い日によくそこに若い母親が幼いわが子を連れて遊ばせにくることがある。そして、おうおうシャボン玉を作って、子供がキャッキャッとそのシャボン玉を追っかけて走り回るのを、こらえきれない喜びの表情で楽しそうに眺めていることがある。私はその母親を見て、ああ、あの瞬間の彼女は間違いなく、母親として最高の喜びの瞬間だろうと想像する。

数学の岡潔氏がかつて、男性は知から情に動く、ところが女性は情から知に動く、と書いていたのを思いだすのだが、本来、子供を生み育てるという長年の機能を司ってきた女性は、かよわい存在に対する限りのない愛情から、人生を組み立てて来たというようにも感じるのである。

それはそれで麗しい女性の側面であるのだが、一方で、別の観点から見ると、これらの女性を見る私の目は、彼女たちを極めて表面的にしか見ていないとも言える。多くの画家は、そういう女性の魅力を幾多の肖像画に描いた。ダ・ヴィンチの『モナリザ』、モネの『日傘をさす女性』、黒田清輝の『湖畔』、鏑木清方の『築地明石町』などなど。これらに現れる女性はことごとく絶世の美女たちであるが、画であるだけに姿だけが描かれ、いわば表面的なだけの描写である。彼女たちは何も話さないから、神秘的であったり、その静謐さが損なわれない。もし、彼女たちが表現上、何か話したとすれば、我々の印象はおそろしく変わるだろう。黙っているからいいのだ、とはよく言われることである。場合によっては実は鈍感で退屈な女性かもしれない。

男は、女性を見る時、まずはその表面的な美しさ、可愛いらしさに目がいき、その内実にまで深くは感得しない。もし、男がそうでなければ、世の中で大半の結婚は成立しなくなるのではないかと思われる程である。人類を存続させるためには、まことにうまい具合に人間はできている。

女は絵画で無数といってよいほど描かれる。しかし、女性画家が男を画いた画は見たことがない。私の知っている女性画家は非常に少ないのだが、上村松園、小倉遊亀、岩崎ちひろ、三岸節子、ベルト・モリゾ、マリー・ローランサンも女性の画は描くが、男を描いた絵（キリストや子供の絵は別だが）は思いつかない。ということは、女性は表面の男のみかけなどにはあまり気にしないということかとも思う。例えば、日本人男性が黒人女性と結婚したのを知らないが、女性が黒人男性と一緒になるのはよくあることである。黒人であっても性格的な面で優しければ良い、男は見かけではない、と思っているのではないか、と想像する。

女性でこういう点を含めて、私がいつも何回も見て、そのまなざしの美しさに感動するのは「YOUTUBE　一青窈（ひととよう）・ハナミズキ」である。歌の主題（実は、この詩は、二〇〇一年の、アメリカの国際テロ事件を契機としているとのこと）もいいが、特に台湾人の彼女のさまざまの画面に現れるまなざし、特に少女たちと共に周りを見回して微笑みながら歌う姿は、女性の生き生きした純な心を映して比類がない。

私はこういう女性の純粋さを考える時にいつも浮かんでくる歌は、かつてヒットした菅原洋一の『知りたくないの』である。「あなたの過去など知りたくないの、済んでしまったことは仕方ないじゃないの…あなたの愛がまことなら、ただそれだけで嬉しいの、ああ愛しているから、知りたくないの」という詩にはひたすら愛を求める女心が溢れている（この歌の原曲「I Really Don't Want to Know」は男から女への歌で、男が歌いアメリカではそれほどヒットはしなかったようである。立場を逆転させたなかにし礼の作詩が日本でヒットした）。

私が中年になって気晴らしにその多くの著書を読んだ、今は亡き田辺聖子氏はその着眼において私がもっとも敬服している女性作家の一人であったが、彼女は次のように述べていた。

女の喜びや女の勝利は、むしろ愛の接着剤になることではないか。ともすればバラバラになろうとする家庭や世の中をつなぎとめ、うるおすのは、女の愛情ではないのだろうか。……愛の接着剤になるのは、女の誇りである。女は人を愛するから女なのだ。人を愛さない女は、女ではないんじゃないか。女は愛の専門家なのだ、と。（『いっしょにお茶を』角川文庫、二〇一四年）

「女は愛の専門家」、実に言い得て妙である。社会的には、先述のような保母さんたち、また病気などで弱っている人に対する看護師とか介護士は圧倒的に女性が多い。また個人としては、恋に全てを賭ける女、夫にひたすら尽くす愛、子供を育てる無償の愛。私はこの歳になって、つくづく男と異なる女の実相を知った思いがする。

今にして思い出すのは、戦後私がまだ小学校高学年の一九五二年から二年間、ラジオで毎週一回連続放送されたドラマ『君の名は』で、私はもちろんほとんど聞いていないが、「忘却とは忘れ去ることなり……」で始まるこの放送はかすかに覚えている。恋人のスレ違いの連続で展開する菊田一夫作に、この時、銭湯の女湯はすっからかんになったという話があった。それほど女は恋愛ドラマが好きなのだ。

男は、愛にかまけてばかりでは話にならない。社会、外界が主戦場である。そこでの自らの存在価値を確立することが、生活上重要でそれによって経済的にも家族を守る。人に対する直接的な愛、それは日頃、大部分専門家である女に任せているのである。愛だ、恋だといって、それで職業として成り立っているのは、ある種の文学者、芸能人の女性以外には存在しない。

また彼女は同書で次のような賢い言葉も残している。

私は主婦ほど、いろんな楽しみを持たなければいけない種族はない、と思っている。家のなかで閉じこもりがち、変化のない生活（家庭があまり変化すると家族はくつろげない。いつも同じように、どっしりと包み込んでくれる、という安心感が、家族の帰宅の足をかるくする。しかしその安心感をもたらすところの主婦にとっては、それがまた主婦をむしばむマンネリになる）――その中で、いつもイキイキしているには、ということはたいそうむつかしいことではあるが、また、世の中でいちばん必要なことだと、と私はかたく信じている、と。

私が考えるに、そのような堅実一路、常に真面目な生活をしているという安心感に、家庭を持つ男がどれだけ精神的に支えられているか、これは測ることのできない程のものがあると思う。これらは、ある意味で古い家庭を守る女性という見方ではある。しかし、今は女性が家庭を持っても働く形がより一般的になっている。また第三次産業、サービス業務の比率が大きくなっているのが女性の適性にも合う職場を増加させているとも言えるであろう。

　何と言っても、女は男に比べて華やかである。特に若い時は居るだけで社会を明るくする。ところが年を取るにつれ、中年になって、個性的な美しさのある人というのは、なかなか見つからなくなる。私はこれは、自分の個としての欲望を十分に伸ばすことが無いからだと思っている。人間の個性というのは、その人のもっている欲望を追求することから生れて来る。男の場合、社会と戦っていくために、自分のやりたいことを貪欲に追い求めるというのは、自然に起こるのだが、女の場合、むしろ控えめに振舞うことが、一つの形になり、周囲もそれでいいと考えがちである。どこまでも自分のやりたいことを追いもとめるというのは、非常に少なくなってしまい、能力あるいは意欲のある人に限られる。

　多くの女性は家庭に入り、家事、育児に没頭するので、自分の個人的欲望からはますます離れてしまう。自分の地道な努力で、その結果周囲の人たちが幸せに過ごしていけば、私の人生はそれでいい、と考えるようになるのだろう。それは美しく立派な姿だが、一方、個人としての姿は、ありきたりの家庭夫人ということで、あまり個性的な魅力のある人にはなりえない。それがよく表れるのは、彼女たちの会話のあり方である。私はコロナ騒ぎになってからは、歩いて行ける参宮橋の公民館での渋谷区トレーニング教室で一時間、画像に準じてみっちりと運動するダイアモンド体操に行くようになっている。男は二、三人で少なく、女は一二、三人、そこで会うたくさんの年取った、多くは六五歳以上、八〇歳台にいたる小母ちゃんたちが、休憩の合間に良く相互に話している。私はただ聞いているだけだが、天気の挨拶から始まって、どこそこの料理店に行った経験、美味しかった、その割に安かった、店員の態度がどうだったなどということを、性懲りもなくだらだらと話したりする。私はそういう女性になんの魅力も感ぜず、全く話しかける気も起こらない。一緒に行く妻にその旨を話すと「女の人ばかりの間の会話はだいたいあんなもので、つまらないことが多いのよ」との答えであった。もっともこれも、守りの姿勢の強い女性の立場からすれば、自分の知力、性格などをあらわすことのない、差し障りのないことを話して付き合うのが無難だという大人の智恵なのだろう。

一方で、妻の話では、女にしかわからない女特有の嫌な面があるという。「それは何か」と聞いても、「貴方は鈍感だから聞いてもわからないでしょう」という。私はそうなると、「男にはわからないのだから、嫌な面などわからないほうがよいだろう」とも思っている。

私たちの年齢に近くなり、子供も手を離れ、いつも自分たち夫婦の家事以外はさしたる仕事もなくなった女性は、テレビを一日中付けっぱなしでいることが多いようだ。夫婦健在の私の友達などでもそんな話をよく聞く。私の妻が好んで見るのは、美術番組、世界の旅行番組、スポーツ番組、歴史解説番組などであらかじめ番組表で調べて見ているようだが、それ以外もクイズ番組とかいろいろ見ている。彼女は、ミシンで裁縫をしている時、料理をしている時はテレビをつけっぱなしである。私は普段二階の自分の居間に居るのだが、気休めに一階に降りて行くと、彼女が、私の興味のない番組をずっと見ていて、私がたまらなくなり、「もういい加減、テレビは切ってくれ」と注文することがよくある。画面は見なければよいのだが、音は否応もなく入って来るのでそういう時は雑音以外のなにものでもない。そうすると、彼女は、リモコンで消音にして、下にでる会話の字幕でなおも見つづける。また映画が大好き、ドラマが大好き、人の噂とか、テレビの『徹子の部屋』は大のお気に入り、とか、そういうのは私には一向理解できない。

こういう女性の特質は、どうも長年の幼時からの体験がそうさせているのではないかとも考える。想像するに、彼女たちは、小さい時から綺麗な着物を着せられて「可愛いね」と周りから言われ、自分も華やかな家族の中心であることを喜び、それが、生き方に反映しているのではないか。だから、彼女たちは物語の主人公になることに憧れ、そのようなドラマが大好きなのである。

私自身の経験では、男の子が「可愛いね」と言われることなどまずない。自分が家族に見られているというような意識もない。もっとも、後から考えると、男は将来社会的に有用な存在となる事を希望されるから、親からの期待は、より大きいという面もあるのだが、それは無言のうちながらの期待で、言葉で表されるようなことではなく、本人は全く意識にない。自分の興味をひたすら追いかけるというような育てられ方をする。

現在では、私は事実だけに本当の感動があると、感じていて、虚構の物語などにほとんど興味を失っている。もっとも人間は、感情の動物だから、若い時は、血湧き肉躍る物語に踊らされ、それで随分人間を理解したつもりになったが、今は、テレビの宣伝広告などで、「感動的な物語」などという誇張したセリフを聞くと、「ああ、また作り話で、若い制作者は変化を求めて頑張っているなあ」と思うばかりで、そういう話にはもう乗る気がしない。

ドイツのジョークに「至福の時」と題して次のような話がある。「私はね、テレビには感謝しているんですよ。毎晩至福の時間なんです」、「ほう、そんなによく見ているんですか？」、「私？　私はテレビなんか見ませんよ。家内がです。」どうもこれらの事象は万国共通のようだ。

もっと社会的知識を増やして知的な会話をできないものか、と感じるのである。だから、NHKテレビでいつもやっている『私は騙されない』のオレオレ詐欺に対する警告の番組では、詐欺をしかけるのは、常に男で、その手口は年々巧妙を極め、数人が組んで行い、それに騙されるのは、わが子に対する心配の情で、いつも年取ったおばあさんと決まっている。男が女に騙されるというのは、聞いたことが無い。また、旧統一教会の霊感商法など、インチキ宗教にひっかかるのは不幸に襲われ不安になった女性がつけ込まれる例が圧倒的に多いようである。それだけ女性は素直な人が多いのだろう。騙される金額は、吃驚するほどの高額で億円単位のこともある。私の近所には、妙智会という私の子供の頃からあって今は立派な建物になっている宗教団体があるのだが、信者の大半は中年から実年の女性群で、多くは実に朗らかな表情である。

演歌の歌のセリフを聞くと、男に騙されて悲嘆にくれる女の姿を歌ったものが、圧倒的に多い。こうなると、その女の人生を破滅的にさせかねないから、深刻である。たかが芸能だから、仮空のこととは言いながら、そんな歌がはやるのは、現実にそういうことが多いからに相違ない。

統計を調べてみると、日本での殺人事件は現在年間ザッと一〇〇〇件くらいで、犯人は男が八割だが、女性が配偶者、交際相手に殺された割合は男性の二・五倍という。これは、男女の本来の身体の膂力の違いからくる。ニュースで男による監禁、殺人、暴力など女性の痛ましい悲劇は毎日のように知らされる。全く余計なお節介なのだが、女性よ、宝塚の標語、「清く正しく美しく」だけでは駄目だ、知識を蓄え、なかんずく男を見る目を養えと、切に感じたりするのである。

以上のような感覚は、非常に古いものかもしれない。例えば、それは社会的活動では、大部分で、男は主、女は従で済んでいていいのではないかという感覚である。これは、もともとの生物学的な役割分担があって、それは長年の人類の歴史で合理化されたものであるので、根が深い。これに反発する女性も多いし、優秀な女性が男性優位の社会で、軽視され苦労する物語は数多い。私も、有能な女性が出てくると、まず気になるのが彼女は結婚しているのだろうか、とか、子供はいるのだろうか、ということであり、男では、そのようなことは二の次であるようなことなのだ。女性が主、男が従というのは、亡くなった英国の女王エリザベスの夫、フィリップ殿下、サッチャー首相を支えたデニス・サッチャーくらいしか思いつかない。日本では、夫婦で協力したという自由学園の羽仁もと子の夫、吉一など、いることはいるが、非常に少ない。

私はもっぱら、まずは家庭にひたすら献身する女性のけなげさに力点をおいた文章になってしまったが、男だって、そのけなげな点はそれほど変わらない面もある。まずは、外界である社会で戦い、家庭に一定の経済的基盤を作るために、競争にさらされて、多くのつらい側面に立ち向かい、忍耐の限りを尽くし、社会の末端から一歩一歩、階段を登って行くうちには、精神的動揺のより大きな波をかぶりつつ、必死で生きているのが、多くの男の実体であるのである。その点、職業婦人は別にして、多くの女性は育児の煩雑さはあるものの、その活動範囲、対人関係ははるかに狭い範囲で済んでいる。

いずれにしても、男女を問わず、みなけなげに生きている。それぞれの希望に夢を託しつつ。これが人間の実態であろう。

逢うが別れのはじめとは

「逢うが別れのはじめとは、知らぬ私じゃないけれど」は、近江俊郎の『別れの磯千鳥』のセリフである。人生も八〇歳台に入ると、当然のことながら、多くの知り合いの死に遭遇する。親の死、恩師の死、これらはその時にそれ相応の辛い思いをする。その人たちに色々世話になったことを思い、その恩に深く思いを致す。しかし、それ以上にとりわけ痛切なる思いに捉われるのは、親しかった自分より若い友あるいは後輩の死である。その時の報を受けて、多くは「あっ」との思いで茫然とする。なんとしたことだ。自分よりずっと若いのにと、しばらくは何も手につかない驚愕で、落ち着かない思いになる。これらの人たちを思い浮かべると、何ともやるせない思いに捉われるのである。私の場合、東大原子核研究所の関係者では、藤田雄三、橋本治君、放医研関係者では、土居雅広、佐藤幸夫、高橋千太郎、山口寛君、そして中村裕二君（注一）であった。

藤田雄三君は豪傑といったタイプだった。彼は、名古屋工業大学卒で、我々低エネルギー部の空芯スペクトロメーター（鉄芯を使わないコイルによる、アイソトープから発せられる電子のスペクトルを高精度で測定する装置）担当の技官であって、その維持管理、測定器の改良、開発などの仕事をしていた。私が一九七二年に入所して、自分の関心のなかった組合の選挙で、入所後二年目に組合委員長に選ばれてしまったことはかつて書いたことがあるが（注二）、最初彼とはその集会などで知り合った。彼はその集会などで、組合員は民青系の成員が多かったのに対し、どちらかと言えば、当時過激であった三派系のセンスの持主で「そんな生ぬるいことで、物事は変わらんぞ」というような発言をすることが多かった。また、彼と同じような気分を持つ何人かの宇宙線の研究者とも非常に親しい友人が多かったようだ。私も、何となく彼に近い気持ちもあったせいで、彼の個別の研究室の部屋に行って、彼と色々話すうちに、研究についても、人懐っこい彼に色々相談されるようになった。彼は私より三、四歳若かったが、非常に研究熱心で、私の持っていた英語の本をよく借りに来た。その内、博士論文を是非書きたいと言い、私も何かと助言をしたり、彼の書きかけの論文を見るようになった。

彼は盛岡育ちでスケートの上手いスポーツマンであった。私は八一年にフランスに行くことになって、彼の博士論文の残りのケアは研究室の先輩の関口雅行氏にお願いしたのであるが、その時は彼が和光市の団地から成田まで車で送ってくれた。小学生の三人の子供たちに妻がリュックサックを背追わせて、末っ子はまだ一歳半であったが、一家六人で出掛けた時、彼は「曽我さん、まるでヴェトナムのボートピープルのようだ」と笑っていた。私が九〇年に放医研に移った後も、彼との協力関係は続き、彼の空芯での実験を見に行ったり、彼の新しい測定

１９７５年
弘前大学学会の後、
小岩井農場近くで

１９９３年
放医研来訪の時

器研究であるＰＰＡＣ(Parallel Plate Avalanche Counter)のテストなどに放医研の加速器ビームを使ったりした。前ページの下の写真は、ＨＩＭＡＣ加速器の治療開始前年に、彼が放医研を訪れた時で、彼が長い研鑽の末、遂に博士取得となり、私はお祝いの会を催し、彼はその夜は私の千葉の公務員宿舎に泊まった時のものである。

核研から放医研に移った人は何人もいたが、彼は、「平尾さんを本当に支えられるのは、曽我さん、あんただ。あんたしかいない。よろしく頑張ってくれ」などと言われたのも忘れない。彼は結構甘えん坊であって、私は皆でやることだから、そんなことは考えてもいなかったが、結果的には、もっとも長く先生の身近で働いたことにはなった（注三）。

彼は、末っ子でだだっこのような性格もあり、私が核研に行き仕事の後、数人で駅近くで酒を飲むと、彼が非常に情の濃い女房思いで、よく奥さんのことを話し、カラオケに行くといつも歌うのが瀬川瑛子の『命くれない』だった。「生れる前から結ばれていた……」という歌である。

彼は、当時、私と実験研究をし始めていた佐藤幸夫君の盛岡一高の先輩であり、「あいつは物理実験がどんなものか、全くわかっていない。どうか佐藤を鍛えてやってくれ」などとも言っていた。九九年になって、彼が彼の自宅から近くの入間郡毛呂町の埼玉医大に入院した時は、一〇月に佐藤君の車でともに病院に見舞いに行ったりしたのだが、私は読書好きの彼に五冊くらい本を手渡した。手帳で見ると、それらは遠藤周作の『大変だあア』（ユーモア小説）、立花隆の『文明の逆説』、城山三郎の『静かなタフネス一〇の人生』などであった。この時は元気だったのだが、その後一一月になって、彼が心筋梗塞で急逝したとの報を受け取った。数日後、平尾先生や核研の多くの友と、告別式に出席したが、彼はまだ五〇歳台の半ばだった。

土居雅広君は、名古屋大学工学部大学院原子核工学卒で、環境放射線部門の若手であった。私が重粒子線研究部の一員となって数年後であったが、我々の部と、診断部および病院で構成される重粒子センターが発足し、私がまだ、部の中の室長であった頃、私に相談にきて、環境部門でも、幾つかの部を共同させて、センターにしたいと話した。生物も含めてもよい、という話だった。こんな若い人が広い視野を持ってものを考えているのに私はやや驚いたのだが、私は重粒子部からの研究総合会議のメンバーになっていたので、来たのだろう。その時は、人事で問題が簡単ではないと指摘し、彼は帰って行った。彼は所内公開の時の個別の説明でも、縦板に水といった調子で説明し、凄く雄弁な男だった。私が企画室長になった時、その有能さに彼に最初の補佐役の研究企画官になってもらった。彼はまだ、結婚して子供ができたばかりであって、私は夫妻を自宅に呼んだりして楽しい時を過ごした。

1997年、右端が土居君夫妻、中央は古川雅英君夫妻（彼もその後企画官になった）

彼はスポーツマンであって、所内のバレーボール（九人制）大会では、中衛のセンターで見事な回転レシーブをした姿が、今も目に焼きついている。彼は、研究でも、放射線防護体系の構築などというスケールの大きなことを考えて発表する男だった。その後、二〇〇六年、スウェーデンに研究出張に行き、当地で急性の病気で亡くなったとの報には研究所全体が大ショックであった。まだ、三〇歳台の半ばであった。私も将来を期待していたし、それにもまして、わが家にも連れて来た、まだ若い可憐な奥さんが可哀そうで、胸に涙が流れた。

佐藤幸夫君はもともと、装置屋でパルスイオン源の開発でいい仕事をやったのであるが、いわゆるビームを使った物理学実験はやっていなかったので、藤田君の言うことは当然だった。

しかし、彼は、その後物理実験の面白さに俄然目覚めて、私と一緒に世界的にもユニークな装置を作り何編もの実験論文を一流論文誌に掲載するまでになった。彼のことについては、以前一度かなり詳しく書いた（注四）。彼は快男児というタイプで、スポーツ万能、放医研の野球部では投手をやっていたし、音楽ではみずから千葉市にあるライブハウスでヒップダンスを舞台で踊ったりする底抜けに明るい男だった。九九年アイルランドの学会に行った時も、学会の合間に、ちょっと今日はバーで踊って来たと言っていた。アイルランドには私の妻も連れて行った。彼の私に対する身勝手さは、例えば金曜日の午前に、「曽我さん、論文が書けたので見て下さい」というので、企画室長の私は、職務の多忙の合間に見て午後に返すと、また夕方にやってきて「やりました。俺は明日から土日、船橋のザウス（室内スキー場）でスノーボードの練習に行くので月曜までに見て下さい。取りにきます」といって

アイルランド、ダブリンの街頭で妻と

消えてしまう。「こいつは人の休日をなんと思っているんだ」とあきれるのだが、「まあ、いいか」と思って推敲してやると月曜日の朝一番にやって来るという調子だった。

しかし、これは彼の半面だった。実生活では随分辛い目にあっていた。お兄さんは、茨城大学の教授で彼は次男であったが、私が企画室長の時、奥さんが乳がんになり、私に相談に来た。彼は乳がんの温存療法にすると言って、慶応の、当時、本『患者よ、がんと闘うな』の著者で有名であった近藤誠氏のところで治療を受けさせた。そして、奥さんは数年後に亡くなったのである。彼は決断が早く、私のところに相談に来る時は既に自分で決心してから来るので私としてはどうしようもなかった。「俺は子供は嫌いだ」とよく言っていた。聞いてみると最初の子供を早期に亡くし、次の息子はいわゆる軽い知恵遅れだった。これには近所に住んでいた同じ放医研の西村義一・まゆみさん夫婦がいろいろ手助けをしているとのことだった。奥さんの葬式の時は、彼の御母さんから「幸夫、これからは貴方がしっかりしなければ」と励まされていた。彼がその後、群馬大学の教授になり、そこの重粒子施設の建設の責任者になって数年後、二〇〇六年、群馬の下宿で、脳溢血で亡くなったと聞いた時は言葉もなかった。彼は五八歳で生涯を終えたのである。

橋本治君は、私より六歳下、以上の三人と違って、温厚で内気な優しい男だった。彼は原子核研究所の所長になった東大の山崎敏光教授の研究室出身で、私の入所後、三年ほど経って原子核研究所の助手になった。彼とは一緒に実験をしたが、いつもおとなしく、地味で控え目であった。次のページの写真でもわかるように、常に後ろの方や横で控えていた。私がインディアナ大学に行く時は、和光市の自宅から自動車で五人家族を成田まで送ってくれた。アメリカのバークレイで始まった核研研究者中心の日米協力のベバラック・プロジェクトに参加し、私がインディアナ大学に行っている時にも、バークレイでは、中心の永宮正治氏とともにいろいろ世話になった。

1975年　弘前大学学会の後、旅行で、私の右後ろ横

後に中間エネルギー部が発足し、彼も私と同じく部のメンバーになり、やがて助教授の選考が行われ、私も応募したが彼が選ばれた。その時は、皆に意外に思われたようだが、私は助教授の志田嘉次郎氏にあらかじめ、「この選考は、もう面接の前に決まっている。所長が山崎氏で、選考委員が、所長の方ばかり向いている本間部長、東大で山崎さんの下にいた中井氏、それに私だ。橋本になるよ」と言われていたので、ああ、やっぱりと思ったものであった。公募とは言うものの、大学の人事は人縁がものを言うと、つくづく感じたのである。その後、立場上、彼のスペクトロメーターの建設に彼の配下として参加し、数年相当辛い時期を過ごしたが、しかし、橋本君の態度はそれまでと変わらなかった。私には先輩として非常に丁寧に遠慮しつつ指示を与えるという風だった。今考えると、むしろ橋本君の方がよりつらい思いだったのかもしれないと思ったりする。

一方、四〇歳台の半ばになり、この頃に、私は自分の一生のあり方に大きな迷いをかかえるようになった。それは、自然の真実をひたすら追求するという生活は、社会とほとんど関わりがないということだった。もちろん自然の解明は意味のあることだし、その時は面白くて論文もかなり書いたが、結果としては画期的な業績をあげられず、このまま世の中の多くの人たちへの献身ということもなく、アカデミックな世界で一生を送るということに、自分の中にやりきれない思いが募っていたのである。もう少し、社会的貢献を直接、実感できることに従事したい。これは持っていた個人的体質とも言うべきであろう。その後、私は研究部を加速器研究部に移し、核物理から応用の医学物理に変え、核研から放医研に移り、新しい医学治療用の加速器の建設というプロジェクトに参加し、全く新しい人生の展開となった。今ではむしろ当時も既に先細りの核物理に残るよりは、世界に雄飛し、はるかに豊かな研究者人生を送ることができた、と思っている。

私が放医研に移った後に橋本君は東北大学の教授になり、核物理委員会の委員にもなった。ハイパー核研究の日本の中心的存在として活躍を続けたとのことである。その後も、彼との関係は変わらず、二〇〇二年の、私の退職記念会の時は、仙台から東京に駆けつけて、会に参加して祝いの席に出てくれた。彼は、実力もあったのだろうが一度も昇進で落ちたことはなかった実に人生順調な男だった。核研がなくなっても、核研ＯＢ会でよく顔を合わせ、昔ながらのにこやかな態度だった。

２００６年　核研ＯＢ会で
核研跡地の公園で

ところが、彼は定年まぢか、聞くところによると、理学部長になり、副学長の地位にありながら、二〇一二年、膵臓がんで亡くなったのである。六四歳である。あんなに、幸せの王子といった彼が、こんなに早く死去したなんて信じられない思いだった。彼は、自己を強く主張することも、人を批判することもなかった。そういう内向的性格が、長い間にストレスとなって病気になった可能性もあったかもしれないとも思う。全く人の運命はわからないとの思いである。

放医研の高橋千太郎君、彼とは私が企画室長の時、その補佐として、研究企画官としての一年間の付き合いからだった。その頃の彼を含む写真が自著にいくつか出ている（注五）。彼は、私より一一歳年下であるが、京都大学農学部卒で、公務員試験を経由して、研究所ではずっと長く内部被爆研究室で動物に対する放射能の効果を研究していた、研究所では私よりずっと先輩だった。彼は当時、国立研究所では、最初の試みであった研究評価の仕事で、最初に選んだ生物研究の分野で、複数の研究部の統括係を務め、大いに働いてもらってその能力の優秀さはよくわかっていた。色々話すうちに彼は「私も曽我さんのように家族とともに外国生活をしてみたい。大学はいいですね」と言っていた。「科学技術庁では研究者は若い時に一年間の原子力留学というのがあって、僕もイギリスのＮＲＰＢ（National Radiological Protection Board）に行ったのですが、その時は一人だったし」と言っていた。

私は、いろいろ調べ、可能な制度としてシニア留学というのがある事を見出して、「半年であるけれども、アプライしたら」と勧め、彼はアメリカのオースティンにあるテキサス大学で研究生活を過ごした。彼は、大阪で代々続く高橋千太郎という商店の息子で、既に夫を亡くした画家のお姉さんがいた。彼女は夫が亡くなるとともに、絵筆を折り、ずっと逼塞していたという。帰って来た時、彼は弾んだ声で、「姉をアメリカに呼んだ時、新鮮な刺激で、絵心を復活させました。ありがとうございました」と言った。その後、お姉さんは日展かなにか、上野で催された展覧会で、特選に入選し、是非見て下さいというので、私は喜んで妻と一緒にその絵を見に行った。相当大きな画で、立派な写実画だった。

こんなことで彼とは非常に親しくなったし、彼の家族のこともいろいろ自然と話になった。娘さんが二人いて、長女はやや身体が不自由で、将来、医療福祉方面の仕事をしたいと言っているということなどであった。

１９９５年　企画室
鬼怒川温泉旅行で

彼はその後、研究所の中枢ともなり、若くして放射線防護安全センターのセンター長ともなった。その時は、私は佐藤幸夫君と三人で西千葉の飲み屋でお祝いの会をやったものだった。彼が人を飛び越して任命されたということで、嫉妬されることを恐れて、彼は所内では慎重に行動をして、酒も飲まないように気をつけている、と語ったことがある。実際にそれに近い反感を持った所員の行動もあったようだ。彼はその後、念願の大学人となり、母校の京大原子炉実験所の教授になった。私は東京に残して湯島の聖堂近くに住んでいた娘さんのこともあって、彼と連絡を取り続け、長女は国際福祉大の職員になり、次女は早稲田大学に入ったなどということも聞いていた。

ある時、京都の北の端、宝が池の国立国際会館で、国際シンポジウムがあり、外国の参加者数人と急遽懇親会を催す必要ができて、私は京都のそういう場所をよく知らないので、会議中に高橋君にどこかを教えて欲しいと頼んでみた。彼はすぐ「わかりました」と言って会場から消えたようだ。そして、何と二時間ばかりして現れて「ありました。学生時代から馴染みだった料理屋が今もやっていることがわかりました。ここなら問題ありません」と伝えてくれたのである。わざわざ、市内の店まで往復して確かめてくれたのである。私はそこまで考えていなかったので、大変恐縮したのだが、彼は私には骨身を惜しまず働いてくれる男だった。

彼とは離れていても、私はよく様子をメールで聞いた。彼が吉田山のキャンパスに講義に行くのは、やや面倒だが、なんとかやっていますとか、副所長になり、どうも何処に行っても雑用では重宝がられているようです、といった調子だった。二〇一四年には、別件で京都大学へ行った時、彼に連絡したら、凄く喜んで、北白川にある白沙村荘（画家の橋本関雪の別荘であったところ）へ案内してくれて、ゆっくり御馳走にあずかった（注六）。京都大学の教授連が外国人を接待する時によく使うところだそうで、関雪の有名な『玄猿図』の絵も展示されていて、実に立派な美しい和風庭園であった。彼が本当に、大学人として職務を楽しんでいる様子がうかがわれ、私もとても嬉しかった。そんなことで、安心していたのであるが、ある時からパタっとメールが来なくなったので、

2014年　白沙村荘で

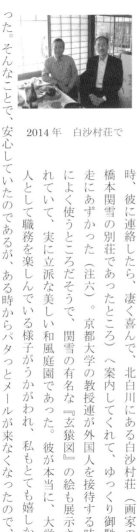

聞いてみたら、自分の所持しているボートかヨットの航海で単独で行って、急に艇上で死去したということであった。私は実に茫然とした。二〇二一年七月で、まだ六七歳であった。

山口寛君、彼は私より二歳年下だが、私がＨＩＭＡＣ(Heavy Ion Medical Accelerater in Chiba)の建設で新設された重粒子線研究部に属したのに対し、長い間、古くからある物理研究部に属し、他の大学出身で原子核物理を専攻した唯一の人だったので、いろいろ飲み屋で話をするのがとても楽しかった。彼は千葉大から大阪大学大学院で、当時有名だった理論の高木修二研究室で修士卒、放医研に入所という経歴であった。二人とも共通の原子核物理の教科書などを勉強したこともわかった。

1991年5月　共に20年永年勤続表彰の折

彼は物静かな男だった。しかし、人の観察など、なかなか核心を衝いているなと思わせる発言をする人だった。私と付き合う頃は、放医研では、ニューヨークのマウント・サイナイ医科大学研究所に行って、そこでオスマン教授から学んだ放射線照射による生体内の原子分子反応の、シミュレーションを一生懸命研究していた。これは、生体内の原子の座標をあらかじめ設定し、それに放射線が当たった時のＤＮＡなどへのミクロな挙動をモンテカルロ法的に追跡するもので、相当大規模な計算である。私は、実験で、これに近い水分子からの電子放出の実験のあらましを彼に説明し、この実験の意味の如何を彼に問うたところ、彼はそれは素晴らしい、是非やることを勧めると言ってくれたので、勇気をもらい、その後、佐藤幸夫君との協同で、この実験に、装置建設から着手して、大いに研究を進めたのであった。論文も一〇編くらい専門誌に掲載された。

私がある時、多少飲んでいる勢いで、「山口さん、貴方は見ていると地味で控え気味で、もう少し自己アッピールをしていいんじゃないか」と言った時、彼が「いや、僕は、その地味であるということが大好きなんです」と答えた。その時、私はこういう人も居るんだ、とこの言葉は非常に印象的だった。

彼は、奥さんが金沢大学の数学の教授で、普段別居生活をしていて、子供はいなかったので、合間に、中間で旅行などを共にする生活を楽しんでいるようだった。やがて、奥さんが職場を停年になり、奥さんが千葉に戻って研究所に近い稲毛の高層アパート生活を続け、彼は非常勤の形で放医研での研究を続けているようだった。

ところが、この奥さんが二〇一五年頃からボケはじめ、やがて症状が進み認知症になり、家庭生活が実に大変になったのである。一日中、家事と介護にあけくれるとも言ってきた。一七年に私は代々木から出掛けて稲毛駅で待ち合わせ、彼と会ったのであるが、その後も、彼とのメール通信は続けていた。メールをするたびに、もっぱら、奥さんの状況を聞くのが通常になっていった。彼は一生懸命、対応策を勉強していたようであるが、一九年二月には「会話もままならない。黒子になりきろう」とか、真夜中の送信で「ようやく心が静かになり、これから自分の時間が始まります」などと言ってきたこともあった。七〇歳台に入っての数年間は大変な蹉鉄の連続であった。やがて、二人で介護施設に入り、奥さんが亡くなり、彼も後を追って程なく亡くなられた。それを人伝に聞いたのは随分後のことだった。こんな晩年を送った彼のことを思うと、「山口君、あなたは最後までよく頑張ったなあ」と胸に涙が溢れて来る。人の生涯は、さまざまである。

注一　自著『余暇を活かしているのか』内、「中村裕二君の思い出」　彼は五歳年下だった。

注二　自著『折々の断章』内、「原子核研究所」

注三　自著『坂道を登るが如く』内、「研究人生の恩師、平尾泰男先生」

注四　自著『くつろぎながら、少し前へ！』内、「忘れ得ぬ言葉」、また自著『心を燃やす時と眺める時』内、「科学英語の達人、井口道生先生」でも、彼の言葉や写真を載せている。

注五　自著『坂道を登るが如く』内、「研究人生の恩師、平尾泰男先生」

注六　自著『坂道を登るが如く』内、「古都、京都の魅力」

日本社会の変化と、人生を考えるつぶやき

現代の日本を眺めて、次のように考えた。日本は十分に発展し、人々は楽しく、人生の喜びを感じて生活している人が多いのではないか。もちろん全てがバラ色というわけではない。『中央公論』のような総合雑誌を紐解けば、そこには、競争社会を反映しての格差の拡大、高齢化、少子化を始めとして、さまざまの社会問題が毎号列記され、解決すべき事柄が無数にあることがわかる。それはそうだが、一方、豊かな生活といったものも、テレビを見てつくづく感じるのである。スポーツ、観光、料理、外食の食べ歩き番組、御笑い番組、クイズ番組がなんと多いことか。

多くのスポーツ、芸能人の世界が、非常に若くなった。それらのスターは全て、三、四歳のころから、早期育成されている人のみがと言っていいほどスターの地位を獲得している。

親が非常に早くから子供をスターにすべくすさまじい努力をしている。その典型はフィギュア・スケートである。あの世界は、早朝にスケート場を集団で借り切るなど親がものすごく裕福でなければ練習を積み重ねられない。ゴルフはそれほどでないが、やはり小さい時から裕福な家庭で、それに馴染んだ人たちがプロの選手になっている。これらは豊かな社会になっていることの反映である。囲碁、将棋の世界はどんどん若返っている。チャンピオンは昔は四〇～五〇歳台、今は二〇歳台のタイトルホールダーはざらである。

また女性の社会的進出は著しい。成人女性が、社会で職業を持ち働くのはごく普通のことにな

り、今や結婚しても女性が職場で働く主婦が約七〇％になっていて今後とも増加する予測である。もっとも、幹部への昇格はまだまだ少数であり、シングルマザーの貧困率とか、多くの女性が受け持つ介護職の俸給の安さとか、まだまだ深刻で改善すべき問題は多々ある。

街中に溢れている外国人の数といったら、昔と比べたら、一〇〇〇倍以上だろう。コンビニなどでも、応対に出る人に実に外国人が多い。中国人、韓国人、ベトナム人、ネパール人、フィリピン人、この前は相手が白人の青年だったので聞いてみたらウズベキスタンから来て、日本の大学に留学しているとのことだったし、近所の住宅で建築材料を整理している青年はトルコから来たとか、アフガニスタンから来ている男もいた。日本企業が、安い労働力を求めて外国人を雇用しているということでもある。第二次産業のように長年かかる技術者の育成とは異なって、第三次産業のサービス産業は、応対ができればよいので、割合短時間の育成で用が足りるということであろう。日本語学校はこれらの人たちで大繁盛である。私は新宿近くに住んでいるから、そちらに出かけることが多いのだが、聞いたこともない言語で喋っている男女が引きも切らずである。今や日本が彼等にとって単に働く場所であるだけでなく、憧れの国にもなっているようだ。ということは、我々が若い頃にアメリカに抱いていた気持ちと類似のものなのだろう。

世の中が非常にスピードアップした。ニュースからあっという間に全世界の物事が映像とともにもたらされる。それに対し、ＳＮＳ（Social Networking Service）によって、多くの一般大衆の意見がすぐ議論を巻き起こす。

日本の政治界を考えると、昔のような与党、野党の対立は消えて、生活上昇の為には、優先度の差はあっても、両者の政策にほとんど違いがない。だから、自民党に対して、野党が主張するのは、うっかりした大臣の失言とか、贈収賄で選挙違反をした議員に対する攻撃とかいうものでしかなく、官僚という秀才グループとの長年のタイアップで国政を担ってきた与党に政策面でとても太刀打ちできない。野党には、官僚のようなシンクタンクは存在しないからである。

国民もいくら野党が与党を攻撃しても、彼等に政権を担う程の人材が育っておらず能力がないことはわかっていて、支持率はいつまでたっても数%でしかない。彼等から与党に変わる斬新なアイデアはほとんど出てこないからである。まあ、国民は今やどちらの政党でもいいのだけれども、それならば、長年政府となっている自民党の方が、経験豊富で安心だということであろう。それでも、私は国政に緊張をもたらしたいから毎回野党に投票しているのだが。

二〇二〇年、二月に入り、世の中は、中国の武漢発生の新型コロナ・ウィルスの集団感染で世界中大騒ぎになった。三月になって、感染の中心はヨーロッパに移り、イタリア、スペイン等は数千人の感染者数となる。そしてアメリカが一〇〇万人を超える規模で爆発、ブラジル、インドも後を追った。日本も数々のイベントは中止され、東京オリンピックも二〇二一年に先送りとなった。そして二一年、大部分無観客でオリンピックは行われ、二二年になって、再び感染力の強いオミクロン変異株が二月にピークの第六波、八月に第七波、今までより遥かに多い感染者となり、全国で一日二六万人、それが一旦収まったのに、再び再燃、二〇二三年の現在三月、第八波が続き、ようやく沈静しつつある。

コロナ禍で、日本の産業構造も一大変革を遂げつつあり、第三次産業就業者が七割を占め、GDPもその七割、特に衣食住産業のような日常の流通、サービス業界の発展は著しい。しかし、それに対する試練の数々は、巨大な苦難、戦禍に喘ぐ諸外国とは次元を全く異にする。

また、二〇二二年後半、アメリカのインフレ抑制のための高金利と、日本の日銀のゼロ金利政策の差から、円安が進み、二〇二二年一〇月には遂に一ドル一五〇円を突破したし、やがて、一三〇円台にもどったりした。これは、経済は常に変転し、いずれ、また何らかの変化が現れるから、製造業、流通業、商業の経営者、当事者は大変であろうが、それ以外の一般人はあまり心配してもしようがないとも感じる。

我々の日本全体の政治、経済への思いは、どんなに考えを巡らせても、言ってみれば、常に「犬の遠吠え」である。間接民主主義というものは、そういうもので、我々は日本の通常時の運転は、政治家、国会議員、役人などに任せているのである。

日本にとっての最大の試練は、将来に起こり得ると専門家が指摘している南海トラフの変化がもたらす巨大地震の勃発であろう。それを控えて我々はあらかじめの覚悟と準備を十分にしなければならない。その点を除けば、私は、ともかく現在の日本は十分幸福であると思う。

こんな事を考えながら、私は日常、比較的穏やかな日々を送っているわけだが、今後、人々の生活はどうなって行くのだろうと、つらつら考えて見ても、全く予測がつかない。

　私が若い頃、いわば精魂を傾けた自然科学の世界では、それなりの数々の法則があり、その整合性に驚きの気持ちを持ちながら、さらに新たな事実を追求するべく努力を重ねた。その対象たる世界にはゆるぎない真実の世界がある事を信じていた。それに邁進することは人類の知識を増すことであり、自分の行為に疑問は持たなかった。

　ところが、対象が人間となると、その対象は自らの意思や欲望を個別に持っている集団なのである。一応それでも人間はそれを科学的な対象として、人文科学や社会科学の発達で時代時代に応じてそれらを分析し、考察してきた。多くの歴史的な試み、資本主義、社会主義、共産主義が起こり、次の時代には、その不十分さが明確になり、新しい概念による試行錯誤が繰り返され、今や多くの先進国で、修正あるいは改正資本主義とでも言うべき体制が進んだ。

　しかし予測外の発展をする典型的な例は、政治の世界である。政府がある政策を発表すると、人々はそれに対してある反応をする。多くの人の反応は、政府の期待に即して起こる事も多いのであるが、人々の立場は一様でないから、それに対抗する人たちもあり、反対の意見の人もいる。

　二〇二三年には、相次ぐ北朝鮮のミサイル発射をうけて、日本の防衛体制を強化するために、やがてはＧＤＰの一％から二％への防衛費の捻出のために、国民からの税金を増加する方策を巡っての議論が活発化してきた。それを何にするか、法人税、所得税、たばこの三税の増税を政府は決定したようであるが、それをいつ行うかの判断は先送りし四月の地方統一選の結果も見なければならないといった具合である。やがては不足分は国債によることもあり得るだろう。

世の中には、私がどう考えても理解不能である人々が存在する。たとえば、アフガニスタンのタリバーン政権である。女性の抑圧、人権を認めない彼らを見ていると、イスラム原理主義とは、何なのだろうかと思う。アラーの神の教えとはいかなるものか、そういう国に生れた女性は本当に気の毒である。もっとも私は仏教やキリスト教と違ってコーランを読んだこともなく、歴史を瞥見すると、スンニ派、シーア派に限らず、国、地域ごとに幾多の異なる宗派があり抗争が繰り返されて来たようである。本当のところ、私はイスラム教のことはほとんどわかっていない。

また、カトリックを熱く信仰する世界の何十億人の人々、毎年、バチカンに集まり、法王の演説に聞き入る大群衆、聖地巡礼を試みる人々。これらは心底、法王という枢機卿の集団の権力の頂点に上り詰めた人の言葉をありがたく考えているのだろう。人々は常に、自らとは離れた無上の存在に敬意を込めた憧れを抱き、それを心の支えとする。翻って見れば、正月三が日の皇居の一般参賀に訪れる多くの日本人も似たような心情なのだろう。

多くの若い人たちは、かつて我々が若い頃に比べて、世の中全体への寄与という物の考え方をしなくなった気がする。それは、彼らを囲む社会が平安で、個人の努力のそれに対する影響などに対して、体制が余りに巨大で、個人的努力の無力感が大きいのではないか。むしろ、彼らは自分の立場を冷静に捉えるようになったと言うべきであろう。

例えば、先述の官僚の世界がそうである。かつて経済産業省が通商産業省の名前であった時、あまりの労働時間に「通常残業省」と言われ、今や省庁で最大規模の予算になっている厚生労働省は「強制労働省」とも揶揄される。少子化、超高齢化社会に対する福祉行政を反映して、局の数が現在一二あり、業務量は多大になっているようだ。それほどの過酷な労働であっても、彼らは国民のためにはという情熱で頑張っていた、あるいはいるのである。しかし、現在多くの官僚が、五年くらい経つと、かなりの割合でやめて行き、民間の会社に移るという風になったという。なにも、官僚になることが、世の中の役に立ち、民間がそうでない、というわけではない。むしろ社会に役立つ多くの発明は競争の激しい民間での活動が大半である。官僚は、役人というだけあって、国民全体の立場に立って政策を立案するのが仕事なのであるが、若く役職が低いうちは給料が安く、労働時間は長い。富士山型のヒエラルキーの大きな階級社会であるだけにその時間が長く続くのは辛いとなるのであろう。そして、法案の作成よりも現場に立っての活動により魅力を感じるのだと思う。もっと個人的に動いて、伸び伸びと動けて給料も高いという民間企業に移動する気持ちになるのもわかる気がする。

東急を発展させた五島慶太は役人をやめた時、役人の仕事は短期間で変わって行き、完成を見ることはない、自分はもっと一つのことに集中し、やり抜くことを求めるとして、民間に活動の場を移した、と述べていたが、それと同じような判断もあろう。これらは、元来、起業家を最も高く評価するアメリカ社会に近付いているのかもしれないとも思う。

私が、将来の日本に期待が持てない、唯一の分野が自然科学の基礎分野の世界である。これは、教育行政で、自らが研究経験のない役人が予算の効率化を重要視する余り、五年の中期計画の達成を大学に迫り、それに応じて研究が短期的目標ばかりになり、抜本的な仕事にはとても取り掛かれないということがずっと続いている。やがて多くの結果的にはムダである研究も必要だと気付き、政府がそれまでの方針を変える時期が来るかもしれない。博士課程に進む学生が激減している状況を見ると、日本のこの分野の展望は暗い。

それ以外、多くの若い人を見ていると、国家あるいは国民のことより、自分たちが快適な生活を送るということに、重点があり、それを続けることができれば十分と考えているように感じる。これは考えて見れば当然であり、合理的でもある。日本は、長い間戦争に参加していない唯一の先進国で、世界一の長寿国である。これは世界から垂涎の的である国民皆保険制度を始めとする多面的な医療政策が長年施されて来たことによる。その意味では最も幸福な国なのである。

もっとも、こんな考えを巡らしている私を見ている妻は、もっとはるかに現実的である。「私は私たちが亡くなった以後に、世界がどうなろうと、私には全く関心がない。亡くなってしまったら、それでおしまい。それより、貴方の考えていることは、学者のそれで雲の上のことばかり、役に立たないことばかり、貴方はもっと自分の健康に気をつけて長生きするように注意しなければだめよ。あなたはしょっちゅうヘマばかりしているんだから」と言われている。大怪我をしたり、すぐに物をなくして探しものばかりしている私を見てあきれているようだ。どうもそちらの方がはるかに日常的にはしっかりしていることは確かである。

あとがき

なんで私は文章を書くのが面白いのか、やめられないのか、と考えてみると、これは、この歳になっても、他のことと違って、それは「自分の知力の全てを賭けるからではないか」ということに最近ふと気がついた。

何か社会で物事が起こる。新しいことだと、それを理解しようとする。何もなく刺激がない時は手あたり次第あるいは必死になってその刺激を求めて本を読む。それは自分の狭い世界と違っていろいろ見知らぬことを発見することが多い。そうすると、それに対していろいろの思いがして、一旦は頭がもやもやする。これをどう考えたらよいのだろうか。言論人はいろいろ述べているが、あるいは著者はいろいろ述べているが、自分はそれらを受けて究極的にどう考えるのか、というような時、じっくり考えるには、それらを書いて見て、自分の意見をまとめようとする。これが一番頭を整理するのに役に立つのである。

書いているうちに、また問題を発見することもあるのだが、それを苦しいながらもなんとか書き切ると、はじめて頭の中がすっきりしてくるのである。前進の嬉しさである。それが山登りで登頂した時のような静かな喜びになる。

人間生きるからには、歳をとっても全力を尽くす時間が必要で、それでこそ生きがいを感じることができる。それは一種の緊張感をもっての挑戦である。

アメリカの元ブランダイス大学の教授であったアブラハム・マズローという心理学者（一九〇八〜一九七〇）が人間の欲求五段階説を唱えたそうである。それによると、まず生存に必要な「生理的欲求」に始まって、それがある程度満たされると、危険を逃れたい「安全の欲求」、さらに他者との愛情に満ちた「所属と愛の欲求」、他者から尊敬を得たいという「承認の欲求」へ進み、最後に自分が潜在的に持っているものを実現したいという「自己実現の欲求」に至るということだ。

私はこのことを愛読書『人生語録』（牧野拓司著）で知ったのだが、確かに人生の一つの形かなという気がする。心理学としては不十分で、科学的にはいろいろ批判もあるようだし、大雑把な捉え方ではある。考えるに、この五段階というのは必ずしも順序を追ってというものでもあるまい。人が長い間に、この欲求がいつも交錯し、どれをこの際重要と考えるか、その時その時に迷いながら生きていっているのだと思う。

ただ、私はこの最後の「自己実現の欲求」という言葉に、意味不明ながらも惹かれる。何が自己なのかは誰も明確に解らないだろう。それが実現と言ったってますます訳がわからない。でもなにか「自己表現」が「自己実現」の一つであることは確かであると思う。

私は、かつて岡崎久彦氏が、八四歳で書き最後の本となった著書『国際情勢判断・半世紀』で述べたことと同じ気持ちで文章を書いてきた。彼は言っている。

「私は常々、文章を書く以上、それは活字として後世に残るものであり、一世代後、二世代後に読まれても、それなりに意味があり、その内容に責任の持てるもの以外は書かないように自戒してきた。」私もその通りだと思う。本を書くことはテレビなどで喋ることとは次元を異にした活動だと思ってきた。

体力は確かに衰えた。しかし、知力は年取るごとに増していくように感じる。だから、その対象を今もって探し続け、それを持つ幸せをつくづく感じるのである。

どうやら自分が現在考えている認識の到達時点を記録として書いておきたいのである。結局、これは自分の自己満足を求めているだけなのかもしれない。それは全ての人々に許されているほとんど唯一の究極の我がままでないかとも思う。まあ、老いても「文章の持つ力を信じて」夢だけは追い続けてゆきたい、といったところだろうか。

いつまでも、終生の恩師、今は亡き木村道之助先生が教えてくれた、尾崎咢堂の「人生の本舞台は常に将来に在り」の気持ちでいたいのである。

二〇二三年四月　　　　曽我文宣

訂正　前著『余暇を活かしているのか』で一四ページ、本間長与氏を、長世氏に、一一八頁、松本恒也氏を、恒弥氏に訂正いたします。また、七〇ページ、「器械網」は「器械編み」の変換ミスでした。

著者略歴

曽我　文宣　（そが　ふみのり）

1942年生まれ。1964年東京大学工学部原子力工学科卒、大学院を経て東京大学原子核研究所入所、専門は原子核物理学の実験的研究および加速器物理工学研究。理学博士。アメリカ・インディアナ大学に３年、フランス・サクレー研究所に２年間、それぞれ客員研究員として滞在。

1990年科学技術庁放射線医学総合研究所に移る。主として重粒子がん治療装置の建設、運用に携わる。同研究所での分野は医学物理学および放射線生物物理学。1995年同所企画室長、1998年医用重粒子物理工学部長、この間、数年間にわたり千葉大学大学院客員教授、東京大学大学院併任教授。2002年定年退職。

以後、医用原子力技術研究振興財団主席研究員および調査参与、(株)粒子線医療支援機構役員、NPO 法人国際総合研究機構副理事長などとして働く。現在は、日中科学技術交流協会理事。

【著　書】
『自然科学の鑑賞―好奇心に駆られた研究者の知的探索』2005年
『志気―人生・社会に向かう思索の読書を辿る』2008年
『折々の断章―物理学研究者の、人生を綴るエッセイ』2010年
『思いつくままに―物理学研究者の、見聞と思索のエッセイ』2011年
『悠憂の日々―物理学研究者の、社会と生活に対するエッセイ』2013年
『いつまでも青春―物理学研究者の、探索と熟考のエッセイ』2014年
『気力のつづく限り―物理学研究者の、読書と沈思黙考のエッセイ』2015年
『坂道を登るが如く―物理学研究者の、人々の偉さにうたれる日々を綴るエッセイ』2015年
『心を燃やす時と眺める時―物理学研究者の、執念と恬淡の日々を記したエッセイ』2016年
『楽日は来るのだろうか―物理学研究者の、未来への展望と今この時、その重要性の如何に想いを致すエッセイ』2017年
『くつろぎながら、少し前へ！―物理学研究者の、精励と安楽の日々のエッセイ』2018年
『穏やかな意思で伸びやかに―物理学研究者の、跋渉とつぶやきの日々を記したエッセイ』2019年
『思いぶらぶらの探索―物理学研究者の、動き回る心と明日知れぬ想いのエッセイ』2019年
『「明日がより好日」に向かって―物理学研究者の、日々を新鮮に迎えようとするエッセイ』2019年
『小説「ああっ、あの女《ひと》は」他―予期せぬできごと、およびエッセイ』2021年
『余暇を活かしているのか―物理研究者のよもやまエッセイ』2022年
（以上、すべて丸善プラネット）

遠くを眺めて、近くへ戻る
希望と現実の往来を綴るエッセイ

二〇二二年六月一〇日　初版発行

著作者　曽我　文宣

©Fuminori SOGA, 2022

発行所　丸善プラネット株式会社
〒一〇一-〇〇五一
東京都千代田区神田神保町二-一七
電話（〇三）三五一二-八五一六
https://maruzenplanet.hondana.jp

発売所　丸善出版株式会社
〒一〇一-〇〇五一
東京都千代田区神田神保町二-一七
電話（〇三）三五一二-三二五六
https://www.maruzen-publishing.co.jp

印刷・製本／富士美術印刷株式会社
ISBN 978-4-86345-547-4 C0095

——好評発売中！——

曽我　文宣　著

悠憂の日々

物理学研究者の、社会と生活に対するエッセイ

A5判・並製・296頁

定価：本体 2,000円＋税

折々の断章

物理学研究者の、人生を綴るエッセイ

A5判・上製・288頁

定価：本体 2,000円＋税

自然科学の鑑賞

好奇心に駆られた研究者の知的探索

A5判・並製・208頁

定価：本体 1,600円＋税

いつまでも青春

物理学研究者の、探索と熟考のエッセイ

A5判・並製・248頁

定価：本体 1,800円＋税

思いつくままに

物理学研究者の、見聞と思索のエッセイ

A5判・並製・256頁

定価：本体 1,800円＋税

志気

人生・社会に向かう思索の読書を辿る

A5判・上製・618頁

定価：本体 3,000円＋税

思いぶらぶらの探索

物理学研究者の、動き回る心と明日知れぬ思いのエッセイ

A5判・並製・230頁
定価：本体1,800円＋税

楽日は来るのだろうか

物理学研究者の、未来への展望と今この時、その重要性の如何に想いを致すエッセイ

A5判・並製・250頁
定価：本体1,800円＋税

気力のつづく限り

物理学研究者の、読書と沈思黙考のエッセイ

A5判・並製・236頁
定価：本体1,800円＋税

「明日がより好日」に向かって

物理学研究者の、日々を新鮮に迎えようとするエッセイ

A5判・並製・236頁
定価：本体1,800円＋税

くつろぎながら、少し前へ！

物理学研究者の、精励と安楽の日々のエッセイ

A5判・並製・228頁
定価：本体1,800円＋税

坂道を登るが如く

物理学研究者の、人々の偉さにうたれる日々を綴るエッセイ

A5判・並製・240頁
定価：本体1,800円＋税

小説「ああっ、あの女《ひと》は」他

予期せぬできごと、およびエッセイ

四六判・並製・162頁
定価：本体1,400円＋税

穏やかな意思で伸びやかに

物理学研究者の、跋渉とつぶやきの日々を記したエッセイ

A5判・並製・234頁
定価：本体1,800円＋税

心を燃やす時と眺める時

物理学研究者の、執念と恬淡の日々を記したエッセイ

A5判・並製・248頁
定価：本体1,800円＋税

余暇を活かしているのか

物理学研究者出の、よもやまエッセイ

四六判・並製・162頁
定価：本体1,400円＋税